LE DERNIER MOUSSE

Pour son dernier voyage après des années de loyaux services, la corvette *Général Baquedano,* voilier école de la Marine chilienne, quitte Talcahuano et se dirige vers le cap Horn. À son bord un passager clandestin : Alejandro Silva, quinze ans, fils de marin en quête d'aventures et d'argent qui, après avoir été découvert, finit par être accepté comme dernier mousse. Subissant les moqueries des autres marins, mais aussi et avant tout, les dures réalités de la vie en mer, il apprend progressivement son métier de marin. Les découvertes tout comme les péripéties ponctuent dès lors le voyage d'Alejandro, baptisé par l'équipage du nom de Trois Formes. Tour à tour, au fil de cette ultime traversée de l'Océan, on entend les récits d'un vieux marin, Escobedo, charpentier du navire, qui raconte ses histoires fantastiques ; on suit pas à pas les épreuves de chaque tempête essuyée par la corvette, de chaque iceberg rencontré sur la route et qui risque d'éventrer le navire, les légendaires chasses à la baleine, et la mort qui surgit au creux d'une vague pour emporter un vaillant marin. Le cap Horn enfin dépassé, son frère disparu enfin retrouvé, Alejandro découvrira « Le Paradis des Loutres », une terre sauvage et belle, située aux confins de l'hémisphère Sud. À son retour, Alejandro n'est plus un enfant, il est devenu un homme riche d'émotions et d'expériences, un marin prêt à s'embarquer pour de nouvelles aventures.

De tous les récits de Coloane, ce court roman d'apprentissange a conquis en Amérique latine un large public ; ce qui a permis à Alvaro Mutis, introducteur chez nous de l'œuvre de Coloane, de considérer ce dernier comme « un nouveau Jack London ».

Né en 1910 dans l'île de Chiloé, au sud du Chili, Francisco Coloane s'est imposé dès les années 60 en publiant des textes brefs, fouettés par tous les mauvais vents du Sud. Auteur de récits d'une composition parfaitement originale, à mi-chemin du recueil de nouvelles et du roman « éclaté », il demeure, dans ce roman, un conteur sans égal.

Francisco Coloane

LE DERNIER MOUSSE

ROMAN

Traduit de l'espagnol (Chili)
par François Gaudry

Phébus

Ouvrage publié sur les conseils
de François Gaudry

TEXTE INTÉGRAL

TITRE ORIGINAL
El Último Grumete de la « Baquedano »

ÉDITEUR ORIGINAL
Empresa Editoria Zig Zag, S. A.
Santiago de Chile, 1941

ISBN 2-02-033290-6
(ISBN 2-02-85940-430-9, 1re publication)

En souvenir du navire
qui forma tant de générations
de marins chiliens.

I

Cap au sud

– Vingt degrés à bâbord ! lança le lieutenant de quart sur la passerelle de la corvette *Général Baquedano*.

– Vingt degrés à bâbord ! répéta en écho le timonier tandis que ses mains calleuses faisaient tourner la barre d'un geste vigoureux.

Une rafale de nord-ouest inclina le navire dont l'étrave plongea par bâbord dans les grandes vagues noires qui roulaient dans la nuit. Le vent mugit de plus belle dans les cordages, la mâture grinça sous le gonflement des voiles et le svelte bateau-école de la Marine chilienne, blanc comme l'albatros, fila cap au sud, poussé à douze milles à l'heure par un vent de nord-ouest qui soufflait par tribord.

C'était le tout dernier voyage de ce navire magnifique. Il avait accueilli à son bord des générations d'officiers et de marins, qui y avaient appris leur métier, mais l'Amirauté avait décidé de l'envoyer une dernière fois au cap Horn et de le désarmer à son retour ; affaibli par tant de combats contre les océans de la planète, il n'était plus assez sûr pour naviguer sur les routes dangereuses que doivent sillonner les navires de guerre.

Avec ses trois cents hommes d'équipage, du commandant au mousse, il avait levé l'ancre un soir d'automne dans la baie du port militaire de Talcahuano, puis mis en route ses machines pour doubler l'île Quiriquina et hissé sa voilure une fois en haute mer.

Le jour du départ, le livre de bord mentionnait trois cents hommes d'équipage. Ils étaient en réalité trois cent un. Nul ne savait rien, encore, de ce passager supplémentaire. Dans une soute de proue, pelotonné au milieu des rouleaux de cordages et de chaînes, un gamin d'une quinzaine d'années tremblait dans l'obscurité et attendait.

Il y avait près de trois heures qu'il se trouvait dans sa cachette, persuadé que personne ne soupçonnait sa présence à bord ; les sentinelles de la coupée pouvaient affirmer qu'aucun étranger n'avait franchi l'unique voie d'accès à la corvette pendant les heures précédant l'appareillage.

Cela le rassurait un peu, mais il se mit à

penser à la nuit qu'il allait passer dans ce petit réduit qu'un matelot avait bouclé avec chaîne et cadenas.

De temps à autre un coup de roulis l'obligeait à se cramponner aux rouleaux de cordages pour ne pas être violemment projeté contre les parois de fer, et lorsque le navire semblait retrouver sa position normale, il entendait le fracas des vagues contre la coque, au-dessus de sa tête. « Merde, je suis sous l'eau ! » se dit-il.

La soute se trouvait en effet sous la ligne de flottaison et quand la proue du *Baquedano* se hissait à la crête des vagues puis retombait dans le creux, le choc brutal contre l'eau résonnait effroyablement dans le ventre du navire.

Il éprouva un léger malaise à la tête et à l'estomac, comme si l'air commençait à lui manquer. Bientôt il fut pris de violents vomissements et il eut très froid.

Il s'agrippa à un rouleau de filins et vomit à l'intérieur jusqu'à ce que son estomac fût vide. Son mal de tête diminua et il se sentit mieux. Chez ce garçon robuste, le mal de mer, qui s'empare de tous ceux qui s'embarquent pour la première fois, ne fut qu'un malaise passager.

Malgré la fatigue, il parvint à s'asseoir et se mit à penser à sa mère, à la douceur du foyer abandonné. Un nœud dur et amer se forma dans sa gorge, une douleur vive lui fit fermer les yeux, il se laissa aller et de grosses larmes jaillirent. Il secoua la tête, serra une corde de toutes ses forces et la vague d'angoisse s'éloigna comme le mal de mer.

Il songea au lycée, à ses camarades de classe, à ses professeurs, ceux qu'il aimait et ceux qu'il n'aimait pas. Il les aimait tous maintenant qu'il se sentait si loin.

Le souvenir de sa mère le tourmentait. Que faisait-elle en ce moment, seule ?

Il la revit en train de repasser des vêtements de marins tandis qu'il faisait ses devoirs sur une petite table installée dans un coin de la lingerie. Parfois, il attisait avec un carton les braises de l'énorme fer rempli de charbon d'aubépine, étrange bateau sillonnant un océan de chemises froissées et de cols amidonnés, dont la blancheur rehaussait la tenue de sortie des capitaines.

Sa mère, doña María, veuve de marin, avait la réputation d'être la meilleure blanchisseuse du port. Les modernes blanchisseries chimiques qui s'étaient installées à Talcahuano ne pouvaient rivaliser avec elle ; l'attrait de la nouveauté lui faisait perdre quelques clients, mais les vieux capitaines revenaient vite chez elle, car elle leur rendait un linge d'une blancheur de neige et des tissus intacts.

Il songea avec tristesse aux pluvieuses journées d'hiver où il la voyait penchée sur les baquets, lavant sans relâche.

« Depuis que ton père est mort dans le naufrage de l'*Angamos,* nous n'avons plus que mes mains, lui avait-elle dit.

« Nous sommes restés bien seuls, avec ton frère Manuel. Il trouvait que je travaillais trop. Et un jour, il m'a dit : "Je ne veux pas continuer l'école, c'est pas fait pour des pauvres comme nous. Tu travailles trop et moi j'ai quinze ans. J'ai trouvé une place sur un bateau charbonnier. Je paierai mon billet en travaillant à bord, jusqu'aux Magellanes. Il paraît que là-bas on gagne bien en chassant la loutre, le phoque, le renard. Je m'en vais, mère, je reviendrai avec beaucoup d'argent, tu arrêteras de travailler et je te rapporterai une peau de guanaco pour couvrir tes pieds en hiver."

« C'est comme ça qu'il est parti. Il n'est jamais revenu et je n'ai pas eu de nouvelles. Il a dû mourir là-bas, sinon il aurait écrit, il tenait parole. »

Il se souvint qu'à ce moment du récit, sa mère avait éclaté en sanglots.

Alors il avait essayé de la consoler : « Ne pleure

pas, pauvre maman, bientôt je serai grand et je deviendrai marin comme mon père, je gagnerai assez d'argent pour nous deux et je partirai là-bas pour retrouver mon frère. »

Il se montra très appliqué à l'école primaire et fut un des meilleurs élèves du lycée, mais il ne rêvait que d'une chose : entrer à l'École des mousses de la Marine. Malgré les démarches de sa mère auprès des officiers, ce fut impossible.

Quand il apprit que le *Baquedano* appareillait pour son dernier voyage, destiné aux cadets et aux mousses de l'École navale, il prit la décision, après avoir longtemps réfléchi, de s'embarquer en cachette, bien qu'il sût que l'on châtiait sévèrement les passagers clandestins, et que les bateaux japonais et chinois les jetaient à la mer afin de ne pas devoir payer l'amende que les polices maritimes infligeaient aux capitaines qui transportaient des *pavos*[1].

Il n'attacha aucune importance à ces racontars de marins. Il écrivit deux lettres, une pour sa mère et l'autre pour son professeur principal, dans lesquelles il expliquait les raisons de sa décision : devenir un homme et retrouver son frère. Il demandait pardon de partir sans l'autorisation qui lui aurait probablement été refusée.

1. Passager clandestin (« dindon »).

Enfin prêt à s'embarquer, le plus difficile restait à faire.

Il en était là de ses songeries lorsque, soudain, des points phosphorescents dans un coin de la soute le firent sursauter. Il battit des paupières, cligna les yeux et distingua trois énormes rats rougeâtres de la taille d'un chat.

Il frémit d'horreur au souvenir d'histoires de marins dévorés par des rats. À Talcahuano, un enfant de deux ans avait été tué par des rats. Et il avait lu qu'il existait au Far West un « Fort des rats », dont la garnison affaiblie par la faim avait été dévorée par les rongeurs. Au sud du Chili, dans la région des lacs, il y avait eu une invasion de rats venus d'Argentine qui avaient englouti des troupeaux de brebis, des chiens, des porcs et contraint à la fuite des familles entières d'agriculteurs.

Les yeux brillants s'approchèrent ; le gamin chercha en titubant un bout de câble ou de cordage, mais ne trouvant rien d'assez convaincant, il enjamba les rouleaux et attaqua les rats à coups de pied.

Il fut stupéfait de voir qu'au lieu de fuir, ils bondissaient comme des chiens enragés et tentaient de le mordre aux jambes. Un seul coup de pied atteignit son but en projetant une bête contre la cloison, tandis que les deux autres s'enfuyaient dans l'obscurité.

Le garçon revint se reposer contre les cordages et se sentit gagné par la faiblesse. Il avait la bouche sèche et l'estomac vide. Bientôt le sommeil, la faim et la soif viendraient mettre un terme à cette nuit d'angoisse.

« Il faut que je tienne le coup le plus longtemps possible, se dit-il. Après, je cogne à la porte. J'espère qu'ils m'entendront. »

Il commença à dodeliner de la tête, le sommeil était plus impérieux que la faim et la soif. Peu à peu réapparurent au coin de la soute deux, trois, cinq paires d'yeux phosphorescents. Les rats au répugnant pelage roux attendaient le moment propice pour se lancer sur leur victime. Il tentait péniblement de se relever pour les attaquer de nouveau à coups de pied lorsqu'il entendit remuer la chaîne. Et la porte s'ouvrit.

Le garçon se cacha derrière les rouleaux. Dans l'encadrement de la porte une lampe à pétrole s'éleva pour éclairer la soute et lorsque celui qui la portait fit mine de se retirer, un chien-loup sauta vers la lanterne et bondit dans la pièce en aboyant.

Une voix énergique s'écria « Patotolo ! » et le chien revint en grognant ; une main l'attrapa au collier et la même voix lança :

– Qui est là ?

– Moi, Alejandro Silva ! répondit le gamin sur un ton qu'il voulait plein d'assurance.

Le règlement du bateau-école stipule que chaque nuit un officier, accompagné d'un caporal et de deux marins armés, doit effectuer une patrouille de la proue à la poupe et de la cale au pont, en contrôlant le moindre recoin du navire à l'aide d'une puissante lanterne. Ce groupe d'hommes, appelé la ronde et commandé par un enseigne de vaisseau, est très respecté par l'équipage.

Alejandro, qui ne connaissait pas les règlements maritimes, ne s'attendait pas à une telle visite.

– Sors d'ici ! ordonna le chef de ronde.

Le superbe Patotolo, mascotte du bateau et fidèle compagnon de la ronde, se remit à aboyer.

Alejandro se releva au milieu des cordages et deux robustes matelots s'avancèrent baïonnette au canon et le saisirent par les bras.

À la lueur de la lanterne apparut un garçon de taille moyenne, mince et nerveux, au visage pâle, au nez légèrement aquilin, aux yeux gris, perçants mais doux ; une chevelure châtain clair couronnait la silhouette d'un adolescent athlétique et vif, avec de la mélancolie au fond des yeux, et qui s'efforçait de ne pas paraître effrayé.

Le caporal prit la tête de la ronde, tandis que l'officier et les deux hommes armés encadraient Alejandro, dont le visage inquiet se révélait par instants à la lueur de la lanterne qui oscillait entre les mains du caporal.

II

Première nuit

– Capitaine, nous avons trouvé ce garçon caché dans une soute de proue. Situation normale sur le reste du bateau, déclara l'enseigne de vaisseau au commandant en second.

Le second, un capitaine de corvette d'une quarantaine d'années, grand et costaud, fronça les sourcils ; irrité par cette étrange découverte, qui discréditait la vigilance de rigueur sur un navire de guerre, il demanda un peu brutalement :

– Qui es-tu ?

– Alejandro Silva Cáceres, j'ai quinze ans et je suis élève au lycée de Talcahuano, répondit le garçon, tête haute, d'une voix claire, ferme mais respectueuse.

– Que fais-tu ici ?

– Je voulais être marin, ma mère est âgée, elle travaille comme lavandière, mais bientôt elle ne pourra plus. J'ai voulu entrer à l'École des mousses, mais ça n'a pas été possible. Quand j'ai su que le *Baquedano* partait pour son dernier voyage, ça a été plus fort que moi, j'ai décidé de m'y cacher. Mais j'ai tout arrangé, monsieur : une lettre à ma mère et une autre à mes professeurs pour leur demander pardon.

– Comment es-tu monté à bord ? demanda le capitaine.

– Un gamin du port, un de ceux que les marins appellent *pistoleros* et qui vivent de ce que leur donnent les bateaux, m'a emmené sur sa barque et j'ai grimpé le long de la chaîne de proue, puis je me suis caché dans la soute où on m'a trouvé. Je sais qu'on ne me jettera pas à l'eau. J'accepte d'être puni, monsieur, mais gardez-moi à bord, je voudrais être un homme du *Baquedano*, je peux être utile, balayer, laver, éplucher les patates, faire tout ce qu'on voudra bien m'apprendre.

Le capitaine le fixa un moment, puis se dirigea vers la poupe et descendit dans le ventre du navire.

Alejandro, entouré de ses gardiens, respira avec bonheur le vent salé du large. Il contempla les vagues qui ondulaient comme les dos noirs de grands animaux qui s'éloignaient dans la nuit, et ses yeux s'écarquillèrent au spectacle impressionnant de la voilure gonflée par un puissant vent de nord-ouest, qui inclinait par bâbord le navire filant à douze milles à l'heure dans l'immensité de la mer et de la nuit.

Une ordonnance vint briser le silence de la ronde.

– Le commandant Calderón désire voir le prisonnier.

Précédés par l'enseigne de vaisseau, ils descendirent un bel escalier de bronze conduisant à la cabine du commandant en chef, qui se trouvait sous la dunette.

Le commandant Calderón était un homme grand, massif et brun, avec cet aspect débonnaire des vieux marins qui ont bourlingué sur toutes les mers du globe, vu beaucoup de choses et commandé de nombreux bateaux.

Le commandant en second l'avait déjà informé de la découverte d'un passager clandestin.

Alejandro fut étonné du luxe de la cabine, avec son plancher couvert de tapis, sa table en bois précieux protégée d'un sous-main en feutre rouge, ses grands fauteuils et ses grosses lampes.

Le commandant ordonna aux hommes de la ronde de se retirer et resta seul avec le second et le garçon.

D'un air sévère, qui masquait l'indulgence,

il lui demanda de parler en toute confiance.

Après la dureté de la ronde et celle du second, Alejandro trouva le commandant compréhensif, tel le meilleur de ses professeurs, et entreprit de lui raconter sa vie, celle de sa mère, veuve d'un marin de l'*Angamos,* le voyage sans retour de son frère aux Magellanes et, enfin, sa décision de devenir marin pour partir à la recherche de Manuel.

Le commandant l'écouta avec attention. Puis, s'adressant au second, il dit :

– Qu'on envoie un radio à la direction générale de la Marine, en rapportant le fait et demandant des instructions. On pourrait mouiller à Corral ou à Puerto Montt pour le livrer aux autorités, mais cela me semble difficile. Notre ordre de route est formel : Punta Arenas sans escale, sous voile jusqu'au golfe de Penas et aux machines dans les canaux à partir du canal Messier. Vous nous compliquez la tâche, l'ami, alors tâchez de bien vous conduire et de faire ce qu'on dira. Et s'adressant au second, le commandant conclut : « Qu'on lui trouve un hamac et qu'on lui donne à manger. »

Le vent continuait de hurler dans les cordages et un coup de tambour colossal interrompait parfois la symphonie de cette nuit déchaînée lorsqu'un foc mal bordé claquait en ondoyant.

Alejandro Silva dévora la viande et le pain qu'on lui servit et but un café fumant dans ces chopes d'un demi-litre en faïence, frappées de l'inscription « Marine du Chili ».

Puis il descendit à l'entrepont par l'écoutille et, arrivé au bas des marches, il contempla une innombrable flottille de petits dirigeables suspendus dans l'obscurité d'une immense pièce : les matelots dormaient dans les hamacs.

Il parvint à tâtons à un espace libre, où le mousse qui l'accompagnait lui apprit à disposer dans le hamac le matelas et les deux couvertures réglementaires. Il tenta par trois fois de grimper dans sa couche et ne parvint à s'allonger qu'à la quatrième tentative. Comme le hamac restait toujours d'aplomb, on n'y sentait pas le roulis ; un tel soulagement et la fatigue plongèrent immédiatement Alejandro dans un profond sommeil.

III

Le dernier mousse

– Debout tout le monde ! Le cri du quartier-maître jaillit de l'écoutille. Un coup de clairon retentissant sonna la diane et tous les marins sautèrent comme un seul homme de leur hamac.

Alejandro descendit lui aussi de son perchoir et sentit des centaines d'yeux posés sur lui.

– Qui c'est celui-là ? fit un matelot sur un ton méprisant.

– Ils prennent des moutards maintenant, bientôt des gonzesses ! s'exclama un autre.

– Caporal Santos, faites chauffer le biberon, lança un rouquin à l'air hargneux.

Alejandro, debout dans ses vêtements fripés, se sentit soudain très angoissé. Cet immense et sombre entrepont peuplé d'hommes étranges, hostiles, moqueurs, le pétrifiait. La soute aux rats était un paradis, comparée à la détresse qu'il éprouvait devant cette assemblée d'individus bizarres.

Les matelots gravirent l'escalier et sortirent sur le pont. Au passage, chacun jetait à Alejandro un regard de curiosité, d'indifférence, parfois de sympathie.

L'écoutille, telle une bouche de lumière, avala le dernier matelot et l'entrepont resta vide comme une gigantesque tombe. Alejandro se mit à grelotter, désemparé, ne sachant que faire ; il regarda ses vêtements, le carré de ciel gris et chiffonna les bouts de sa pauvre veste dans ses mains crispées. C'était vraiment plus dur qu'il ne l'avait imaginé.

Soudain, apparut à l'écoutille un visage rond et blanc aux yeux bienveillants. Un mousse de seize ou dix-sept ans descendit l'escalier de fer et s'adressa à Alejandro :

– Monte te laver, je t'ai vu cette nuit quand ils t'ont sorti de ta cachette. N'aie pas peur, il n'y a qu'une poignée de vieilles peaux de vache, les autres sont des braves types, ils aiment blaguer, mais ils ne sont pas méchants. Tu verras, si tu restes à bord ça va te plaire ; je suis venu te voir parce que j'aime bien les gars qui en ont. Y en a pas beaucoup qui oseraient s'embarquer clandestinement sur un bateau de guerre.

« Si tu restes à bord !... » Alejandro se souvint des paroles du commandant : « L'ordre de route est formel : Punta Arenas sans escale... » Il se sentit rassuré.

– Merci, dit-il, et il suivit le mousse qui lui tendit sa serviette et son savon.

– Quand tu auras fini, demande où se trouve le poste du commissaire et présente-toi au sergent premier écrivain, il te dira ce que tu dois faire.

Sur le pont, l'équipage était rassemblé pour la revue et Alejandro se rendit compte que personne ne lui prêtait attention, comme s'il n'existait plus. Cela le soulagea, il préférait se sentir seul. Il se lava, rendit à son protecteur ses affaires de toilette et se dirigea vers le poste du commissaire qui se trouvait au centre du bateau.

Au passage, il vit une mer verte, fleurie de vagues régulières qui éclataient en gerbes d'écume, poussées par un vent frais qui soufflait de côté sur les voiles. Le bateau, donnant de la bande par bâbord, fendait rapidement les eaux du Pacifique. Malgré un air limpide et un soleil éclatant, les côtes n'étaient visibles nulle part.

Le sifflet aigu d'un quartier-maître se fit entendre et, au pied des mâts, des voix énergiques ordonnèrent :

– Carguez les coutelas et la misaine !

Les mousses se pressèrent autour des poulies et des cordages, on entendit le grincement des filins, les voiles verticales hissées entre les mâts tournèrent légèrement vers le centre du navire et celui-ci s'inclina davantage et prit de la vitesse. De temps à autre la toile claquait et une rafale tourbillonnante secouait le gréement.

– Qu'est-ce qu'il y a ? dit le sergent écrivain, gros et court sur pattes, en voyant le garçon. Ah ! C'est toi le pistolero qui s'est embarqué en douce. À cause de toi il y a dix hommes qui sont de planton et un lieutenant aux arrêts dans sa cabine.

– Je suis désolé, je…

– Ça va, ça va, l'interrompit le sergent, tout le bateau est déjà au courant de ton histoire. Heureusement que tu es fils de marin. J'ai connu ton père. Tu as de la veine, les chefs ont répondu au radio du commandant et tu es autorisé à rester à bord comme dernier mousse.

Le cœur du garçon bondit de joie. Les yeux humides et avec un sourire radieux il s'exclama :

– Merci, sergent !

C'était la première fois qu'il nommait un marin par son grade, comme l'aurait fait naturellement un mousse.

Pendant la matinée il se plia à toutes les formalités : enrôlement, visite médicale, coupe de cheveux à ras, puis on le conduisit à la réserve de vêtements où on lui remit son uniforme de coutil pour le service et de drap bleu pour les sorties, ainsi que du linge blanc, des espadrilles et des chaussures.

Quand, habillé en mousse, avec son petit calot blanc de travail, il monta sur le pont pour se présenter à ses supérieurs, il était très ému. Il se sentait un vrai marin. Son grand rêve s'était réalisé. Le sang de son père revivait sur l'océan. Il respira l'air salé à pleins poumons, regarda la fine proue de son bateau et décida que ce qu'il aimait le plus au monde, après sa mère, était le *Baquedano*.

Le vieux navire semblait avoir une âme. Sa belle figure de proue relevait la tête, scrutant les horizons lointains, et fendait avec fougue le grand jardin d'écume et de vagues. Pour son dernier voyage un nouveau fils lui était né en pleine mer : Alejandro Silva, le dernier mousse du *Baquedano,* surgi de ses entrailles comme du fond noir de l'océan.

IV

Trois formes à tribord

Pendant une semaine il reçut une instruction de marin. Il dut apprendre de mémoire un livre à couverture rouge qui contenait les noms de tous les compartiments d'une corvette, des cordages, des voiles et des éléments de la structure d'un bateau.

Quand les instructeurs lui eurent accordé son titre de mousse, il fut affecté au mât de trinquette, car l'équipage est divisé en quarts qui correspondent aux trois mâts, de la proue à la poupe : trinquet, grand mât et mât de misaine.

Chaque groupe rivalise avec les autres pour maintenir en parfait état le gréement, la voilure et être le plus efficace et le plus rapide dans les manœuvres. Nuit et jour, un groupe de mousses et de matelots veille au pied de chaque mât, prêt à réagir aux ordres des quartiers-maîtres.

Par chance, Alejandro prit son premier quart nocturne une nuit où les furies du Pacifique étaient apaisées.

– Quart de trinquet, chacun à son poste ! cria un caporal, et mousses et matelots accoururent sur le pont.

La mer était calme, la lune se reflétait sur les petites vagues et une brise d'ouest gonflait paresseusement les focs, les perroquets et les coutelas.

Malgré le calme, de petits tourbillons se formaient et descendaient capricieusement dans la voilure. L'un d'eux aspira le café qu'un mousse portait dans un faitout.

– Mets le couvercle, cria une voix du trinquet.

On apercevait sur la passerelle l'officier de quart donnant les dernières instructions. La « vieille carcasse », comme était affectueusement surnommé le *Baquedano,* tanguait mollement comme un cétacé paresseux, à la recherche du Sud lointain.

La sonnerie d'extinction des feux, plaintive et prolongée, s'éleva dans la nuit et s'étira, sans écho, sur l'immensité de la mer. Dans les entreponts l'équipage s'endormait. Seuls les hommes de quart restaient sur le pont.

Quand le clairon se tut, un profond silence envahit le navire. Puis on entendit une voix monotone venant de la vigie du mât de trinquette : « Un !... » « Deux ! » répondit une autre voix. « Trois ! » enchaîna une troisième, et le silence régna de nouveau sur le navire. Mais il ne dura pas. Peu après, ces étranges voix qui surgissaient de la nuit répétèrent avec une même monotonie : « Un, deux, trois ! »

« Ça va bientôt être mon tour », se dit Alejandro et il s'allongea au pied du mât pour dormir avec ses compagnons.

Il connaissait l'origine de ces voix : la nuit, dans la navigation sous voile, trois vigies demeurent en alerte ; un homme se tient debout dans la hune du trinquet, scrutant les ténèbres, et deux aux bossoirs de chaque côté du pont.

À intervalles réguliers, la vigie de hune crie « Un ! », « Deux ! » répond celle du bossoir de tribord, et « Trois ! » celle de bâbord, ce qui indique qu'il n'y a rien à signaler et qu'ils demeurent vigilants.

Comme ces tours de garde sont très éprouvants, particulièrement les nuits de tempête, l'homme de hune ne reste qu'une heure en haut du mât, et ceux des bossoirs deux heures sur le pont.

En poupe, un matelot portant une bouée de sauvetage arpente la dunette de bâbord à tribord, prêt à se jeter à l'eau. Il est chargé de surveiller les cordages au cas où un homme tomberait et de crier : « Un homme à la mer ! » En jargon de marin, on l'appelle le « beignet », à cause de la bouée ronde autour de sa taille.

– Allez, debout Silva !

Un mousse le secouait sans ménagement. Alejandro se leva en se frottant les yeux, regarda la lune qui s'était déplacée vers l'ouest et se prépara à monter en haut du mât. À cet instant l'homme de vigie, qu'il relevait, descendait. C'était la première fois qu'Alejandro prenait un tour de garde à ce poste.

Il grimpa par l'échelle de corde, qui était sous le vent au trinquet, et s'installa dans la hune.

Cet exercice effectué en plein jour pendant l'instruction lui avait semblé très simple, mais de nuit, suspendu comme un balancier d'horloge à l'envers, c'était impressionnant.

Le bateau avançait lentement, ballotté par une houle capricieuse. À tribord, les secousses étaient amorties par la voilure, mais elles étaient si fortes à bâbord et le trinquet s'inclinait tellement à chaque mouvement, qu'Alejandro devait se cramponner des deux mains aux rebords de la hune pour se sentir en sécurité.

« Un ! » cria-t-il pour la première fois de son perchoir. « Deux ! Trois ! » répondirent les hommes des bossoirs, et il se sentit heureux et plein d'ardeur pour résister au tangage en pensant qu'il était désormais un mousse accompli.

« Un ! Deux ! Trois ! » Il y avait une demi-heure que ces mots résonnaient avec une monotonie de gouttière au milieu de la nuit paisible et des grincements de la mâture.

Le vent, plus vif en hauteur, commençait à le transpercer jusqu'aux os, malgré son épais caban en poil de chameau.

« Un ! Deux ! Trois ! » Rien d'anormal ne troublait l'immensité de la mer sous la faible clarté de la lune.

Avant de crier, Alejandro mettait sa main en visière au-dessus des yeux, se penchait et, tel un vieux loup de mer, scrutait de toutes parts l'horizon, puis, convaincu d'avoir accompli son devoir, il s'écriait : « Un ! »

Il prenait ainsi plaisir à contempler la mer, qui lui semblait de son perchoir un champ labouré d'ombre et de lumière, lorsque soudain il vit au loin trois formes noires qui avançaient par tribord vers la corvette en fendant agilement les eaux.

– Trois formes noires par tribord amures ! cria-t-il.

– Trois formes noires par tribord amures, répétèrent les vigies des bossoirs.

L'officier de quart lança un ordre et le coup de sifflet du contremaître lacéra l'espace.

En un instant, les hommes des trois mâts se retrouvèrent au pied des écoutes, prêts à manœuvrer.

Le mousse vit disparaître les trois formes qui ressemblaient à des sous-marins rapides et cria de nouveau :

– Les trois formes ont disparu !

– Les trois formes ont disparu, répétèrent en écho ses camarades sur le pont.

Mais Alejandro n'avait pas repris sa respiration que soudain les trois masses noires réapparurent quasiment collées au flanc de la corvette, soulevant de grandes vagues et lançant de gigantesques jets d'eau.

Le garçon était confus, le perroquet du mât de trinquette fut frôlé par un de ces jets d'eau et comprenant enfin de quoi il s'agissait Alejandro s'écria :

– Trois baleines à bâbord !

– Trois baleines à bâbord ! répétèrent les vigies des bossoirs.

Les énormes cétacés au dos luisant couleur ardoise s'éloignèrent rapidement du bateau.

Son quart fini, Alejandro redescendit et vit que ses camarades le regardaient d'un air goguenard.

En se couchant l'un d'eux lui dit :

– Il faut avoir l'œil en mer. La prochaine fois n'hésite pas et crie : « Baleines à tribord ! », comme ça tu ne réveilleras pas tout le monde. Demain ils vont se moquer de toi !

Alejandro se mordit la lèvre inférieure et il se sentit fouetté par une rafale glacée d'humiliation.

Le lendemain, le premier qui le vit lui cria : « Trois formes noires à tribord ! » et un éclat de rire résonna dans l'entrepont.

À l'heure du repas, l'incident des « trois formes à tribord » fut commenté par tout l'équipage.

C'était le moment où les marins parlaient plus librement des péripéties du voyage. Alors que le cuisinier, au bout de la table impeccablement blanchie à la soude, distribuait les grandes tranches de pain et lançait la sienne à Alejandro, quelqu'un cria :

– Attention, forme à tribord !

– Les formes ne se mangent pas ! s'exclama un autre.

Ce jour-là, Alejandro fut baptisé par les blagueurs du navire et reçut le surnom de Trois Formes.

V

Le fantôme de la « Leonora »

Pendant la traversée, la journée était divisée en quarts, instruction, exercices et repas. Mis à part l'instruction militaire et navale destinée aux cadets et aux mousses, le bateau faisait penser à un lycée qui aurait levé l'ancre avec tous ses élèves à bord.

Cet après-midi-là était consacré aux cours de mathématiques, d'histoire et de géographie.

À la fin des classes – ici, pas de temps mort – on ordonna une heure de couture. Chaque mousse sortit de son casier une bobine de fil, des aiguilles et une petite boîte de boutons, et, les uns dans l'entrepont, les autres sur le pont, ils durent vérifier leurs vêtements, les repriser et consolider les boutons.

Alejandro se dirigea avec son groupe vers le château de proue, son lieu préféré, d'où on dominait le navire, les manœuvres et la mer à l'infini.

Assis en tailleur, mousses et matelots se mirent au travail.

Ils commentaient joyeusement les incidents de navigation, les dangers que l'un avait courus en carguant un perroquet, tel autre, au bout d'une vergue, qui avait failli tomber à l'eau ; bref, l'ordinaire d'une vie de marin.

Ils en étaient là quand, un pantalon dans une main, une boîte à couture dans l'autre, vint s'asseoir parmi eux un vieux loup de mer, premier charpentier du bateau, le sergent Escobedo.

– Faites-moi une petite place, les gars. Je vais en profiter pour raccommoder ce pantalon qui est plus vieux que moi, sauf que lui il a quelqu'un pour le rafistoler, tandis que mes pauvres os, personne pas même le diable ne pourrait les consolider.

Escobedo, le charpentier du *Baquedano*, avait passé sa vie sur ce bateau et, maintenant qu'il savait qu'on allait le désarmer au retour, il était un peu affligé et pensait qu'il valait mieux prendre sa retraite plutôt que de fouler un nouveau pont.

C'était un homme de cœur, qui aimait les mousses et les aidait, par ses conseils et son expérience, à éviter les punitions. Mais il aimait surtout leur raconter ses aventures de jeunesse.

– J'ai débuté comme « marchandeux[1] », commença-t-il à dire cet après-midi-là sur le château de proue, tandis que les mousses cousaient en l'écoutant avec respect. J'ai voyagé sur des charbonniers, sur des cargos fruitiers dans les mers équatoriales. J'en ai eu des aventures ! Mais aucune comme celle qui m'est arrivée au port où on va bientôt jeter l'ancre : Punta Arenas. Là, j'ai vu un fantôme, c'est la seule fois dans ma longue vie que j'ai vu une chose aussi bizarre !

Au nom de la ville lointaine, Alejandro releva la tête et se montra attentif : son frère lui revenait en mémoire ainsi que la promesse faite à sa mère de le chercher dans les canaux et dans les mers du Sud, là où se dirigeait à présent le *Baquedano*.

– Je suis allé dans ces régions, cela fait un sacré bail, continua le vieux sergent, avec l'idée de gagner de l'argent en travaillant dans les estancias à bétail. J'y suis resté un temps, mais je n'ai pas supporté d'être loin de la mer. Alors, je suis reparti à Punta Arenas pour m'embarquer sur le premier bateau.

Les mousses prirent place autour du vieil Escobedo pour écouter une de ses bonnes histoires.

1. *Mercantoso* : nom que l'on donne avec mépris dans la marine de guerre aux hommes de la marine marchande (*NdA*).

– Je n'ai pas trouvé de bateau, continua le sergent d'une voix lente, mais j'ai lu dans un journal qu'on recrutait deux hommes pour le ponton *Leonora*.

» Des années avant, la *Leonora* avait été un superbe voilier de quatre mâts que l'on avait arraché aux récifs du détroit de Magellan après un naufrage, puis transformé en ponton pour une compagnie de navigation, c'est-à-dire en entrepôt flottant de marchandises à transborder.

» L'équipage se composait d'un patron et de quatre matelots. Tout cela, je l'ai appris au foyer des marins où je logeais, et quand j'ai dit à un camarade que je voulais me faire embaucher sur la *Leonora*, il m'a sérieusement mis en garde : "Tu sais, il vaudrait mieux pas que tu y ailles. Sur la *Leonora* on ne prend que des types au bout du rouleau, ou des durs, des gars dont personne ne veut, parce que depuis longtemps, à intervalles réguliers, un homme disparaît mystérieusement sur ce bateau. Personne ne sait comment ils meurent, parfois on retrouve le cadavre sur la plage, d'autres fois rien du tout. J'ai eu un copain, Jesús Barría, qui a tenu le coup pendant quatre ans sur ce rafiot, et il a vu disparaître quatre de ses camarades, un par an. 'Le démon qui a ensorcelé ce bateau ne m'aura pas, c'est moi qui l'aurai !'

Voilà ce qu'il disait mon copain en se frappant la poitrine. Et fatalement son tour est venu une nuit. Ils disparaissaient tous la nuit. Cette année, personne n'a encore été emporté, j'espère que ce ne sera pas ton tour !" a terminé mi-sérieux, mi-blagueur mon camarade du foyer.

» Je n'y ai pas fait attention, je n'ai jamais cru à ces sornettes. Bien que maintenant, avec l'âge, en pensant à tout ce qui m'est arrivé, j'aie mes doutes, continua le sergent en souriant, tandis que des mousses s'allongeaient sur le pont, la tête entre les mains pour ne pas perdre une miette de l'histoire du vieux.

» Je suis allé au bureau de l'armateur et je me suis engagé sur la *Leonora,* histoire de tuer le temps en attendant le passage d'un vapeur qui me ramènerait au nord.

» Bien sûr, mes collègues étaient des voyous, de ceux que la marée rejette dans les ports. C'était écrit sur leurs trognes où plus d'un couteau avait laissé sa trace. Même le patron n'avait pas l'air très net. Alors je me suis dit qu'il n'y avait pas de maléfice sur ce bateau : avec des types comme ça, qui pouvait ne pas disparaître ?

» Mais ce qui est fait est fait et je me suis mis au boulot. Il n'y en avait pas beaucoup, la vie à bord d'un ponton est plutôt calme, il est la plupart du temps à tourner sur sa chaîne, nez au vent. On ne travaillait que lorsqu'un bateau accostait et qu'il fallait charger ou décharger. Le reste du temps je le passais à construire des petits brigantins, des jouets, ou à pêcher des bars, fameux les bars, et des crabes ou des moules.

» J'ai visité ce bateau qui avait été superbe. Les parois et les plafonds du carré étaient ouvragés, les chaises et les tables, en acajou et en cèdre, des serpents sculptés sur les rampes d'escalier et des incrustations en bronze ; enfin, tout le luxe des anciens navires. Mais ce qui attirait le plus mon attention était la figure de proue que j'avais vue en arrivant en barque.

» Elle représentait une sirène, le visage et le corps aussi beaux qu'une vierge, et les deux bras ouverts comme si elle voulait embrasser la mer. On aurait dit une apparition, elle était blanche comme le marbre.

Une légère brise fit ondoyer des voiles qui claquèrent violemment dans la mâture. Le sergent scruta l'horizon.

– On dirait qu'un grain se prépare, dit-il, et il continua son récit :

» Nous avons essuyé quelques tempêtes à bord de la *Leonora,* mais sans gravité et sans dégâts. L'hiver est venu. Les montagnes, la ville et la côte étaient blanches de neige, les tempêtes ont diminué et tout est devenu si tranquille et si froid qu'on aurait dit du verre. Vous allez voir bientôt comme cette terre est étrange.

» À bord, tout était normal. On allait très peu à terre et j'avais même fini par oublier pourquoi la *Leonora* était si célèbre.

» Juillet arriva, le mois où la nuit tombe à quatre heures de l'après-midi et où le jour se lève à neuf heures du matin. Les nuits étaient longues, pénibles et la vie ennuyeuse à bord du ponton. Il est mauvais que l'homme s'habitue à paresser. S'il n'a pas trouvé un lieu à son goût, il doit se remuer jusqu'à le trouver. C'est pour ça que la terre est ronde et à tout le monde, dit sentencieusement le sergent.

» La paresse et le manque de travail me mettaient des bêtises dans la tête, je restais éveillé des nuits entières à écouter le vent miauler dans la mâture de ce bateau qui paraissait mort et qui avait eu en d'autres temps une voilure aussi belle que celle de notre chère carcasse.

» Aux insomnies se sont ajoutés des cauchemars et le mauvais génie s'est tellement emparé de moi que je ne parlais plus à personne.

» À la fin, j'ai décidé de rompre mon contrat. Je m'apprêtais donc à revenir à terre quinze jours plus tard.

» Une nuit, après une chute de neige, la lune s'est levée et tout était si calme et si pur qu'on aurait dit un autre monde. J'ai fait un tour sur le pont et je suis redescendu dans ma cabine. Ne soyez pas étonnés, on avait chacun sa cabine, il y en avait tant qu'on n'y faisait pas attention. Moi, j'occupais probablement celle d'un premier pilote…

» J'ai éteint la bougie, c'est comme ça qu'on s'éclairait à l'intérieur, et je ne dirais pas que je me suis endormi, mais j'étais dans cet état entre veille et sommeil où on voit des choses qu'on jurerait réelles.

» J'étais donc dans cet état quand j'ai vu ma porte s'ouvrir lentement et une forme blanche entrer dans ma chambre. Au début, j'ai cru que c'était la lueur de la lune, mais la forme refermait la porte et restait aussi blanche que les *cauquiles*[1].

» Moi, j'ai toujours eu plus peur des choses de ce monde que de celles de l'autre, des vivants que des morts, et comme ça ressemblait à une apparition je suis resté bien tranquille en attendant de voir ce qui allait se passer.

1. Phosphorescences marines qui apparaissent à la proue d'un bateau ou que provoque le mouvement des rames *(NdA)*.

» Et il s'est passé que cette apparition s'est approchée prudemment. Elle portait une tunique blanche, son visage était tellement beau que je ne l'oublierai jamais et ses mains m'ont fait signe de la suivre.

» Comme j'hésitais, elle m'a pris le bras et, je ne sais pas, je me suis senti attiré par cette apparition si belle et je l'ai suivie avec autant de confiance que j'aurais suivi un enfant.

» Nous avons marché sur le pont tapissé de neige, puis nous sommes descendus par l'écoutille d'une cale de proue, elle toujours devant, me tenant par la main. Au fond de la cale, elle s'est dirigée vers un endroit couvert de toiles d'araignée, elle a ouvert une porte que je n'avais encore jamais vue et nous avons pris une petite échelle jusqu'à la contrequille. De là nous avons continué vers l'étrave et, dans l'obscurité atténuée par la lueur qui émanait d'elle, elle m'a montré un énorme cadenas rouillé qui fermait une chaîne.

» Nous sommes remontés par le même chemin et, sur le pont, elle m'a conduit jusqu'à l'écubier. Je voulais lui demander ce qu'il y avait derrière cet énorme cadenas rongé par le temps et où elle m'emmenait, mais ma langue était paralysée et une attraction irrésistible et mystérieuse m'obligeait à la suivre.

» Nous avons dépassé l'écubier et nous avons commencé à marcher sur le mât de beaupré, ma main toujours dans la sienne, et avec une assurance que le meilleur des mousses n'aura jamais sur un tangon.

» Nous approchions de l'extrémité quand j'ai entendu un cri : "Eh ! Escobedo !"

» J'ai ressenti alors quelque chose d'étrange, j'ai tourné la tête et j'ai vu le patron de la *Leonora* emmitouflé dans son caban avec une carabine dans les mains.

» Et aussitôt j'ai perdu l'équilibre, j'ai titubé et je suis tombé du beaupré. Mais j'ai réussi à saisir un filin et je suis resté suspendu dans le vide en me balançant comme un singe.

» La vision que j'ai eue sous les yeux, je ne l'oublierai jamais !

» C'était terrible ! Il aurait mieux valu que je tombe à l'eau ! Mes cheveux se sont dressés sur ma tête et j'ai hurlé : "Elle est là !"

» Elle était là, en effet, et me regardait avec les mêmes yeux, le même visage et ces mains qui m'avaient guidé à travers le bateau : c'était la grande figure de proue ! L'apparition, c'était elle !

» – Vous devenez fou, Escobedo ! m'a dit le patron quand je me suis retrouvé sur le pont.

» – Je ne sais pas si c'est un rêve ou la réalité, patron. Je ne suis pas somnambule, mais je vous jure que je l'ai vue, cette femme, c'est la figure de proue ! Si vous n'aviez pas crié, à l'heure qu'il est je tiendrais compagnie aux oursins et aux crabes, avec ou sans elle, comment savoir. Mon tour était arrivé et vous m'avez sauvé la vie, j'ai dit au patron de la *Leonora,* après lui avoir raconté l'étrange histoire.

» – Allons boire un coup de genièvre, m'a-t-il proposé. J'ai entendu des bruits de pas et j'ai cru qu'une barque de voleurs nous attaquait, alors j'ai pris ma winchester et j'allais les accueillir quand je vous ai vu marcher le bras tendu, comme si vous attendiez que quelqu'un vous prenne la main. Il va relever une ligne, je me suis dit, mais quand je vous ai vu avancer sur le beaupré comme un somnambule, j'ai crié pour vous empêcher de tomber à l'eau.

» Le lendemain, j'ai raconté à mes camarades ce qui était arrivé. Ils m'ont regardé avec curiosité comme si je n'avais pas toute ma tête, mais quand le patron est arrivé, il a confirmé mon récit.

» On va bien voir si cette histoire de soute et de cadenas est vraie, j'ai dit, et nous sommes descendus dans la cale.

» J'ai retrouvé la mystérieuse porte, mais elle était tapissée de toiles d'araignée, comme si elle n'avait pas été ouverte. "Voilà la porte !" je me suis exclamé. Ils la regardaient, ébahis. Personne ne l'avait jamais remarquée, cette porte. Nous avons descendu l'échelle pour gagner l'étrave, le même chemin que j'avais parcouru avec le fantôme. Et nous sommes arrivés, à la lueur d'une lanterne, devant de vieux bidons de brai que les années avaient rendu aussi dur que la pierre. Après bien des efforts, on a réussi à les déplacer. Derrière, il y avait une petite porte fermée par un énorme cadenas.

» Avec une barre à mine on a cassé le cadenas et par à-coups nous avons ouvert la porte qui était quasiment scellée au cadre.

» Nous sommes entrés courbés, le patron et moi, dans une espèce de cabine construite contre l'étrave.

» – Tout ça est bien étrange, a murmuré le patron de la *Leonora,* tandis que je levais la lanterne pour éclairer ce cagibi.

» Il y avait un petit paquet sur le sol. Quand j'ai voulu le toucher, il s'est effrité entre mes doigts, comme une écorce d'arbre pourrie et desséchée.

» Nous nous sommes accroupis et nous avons compris que c'était un cadavre, probablement de femme, dont le squelette était entouré de haillons. Seul le crâne était encore en bon état.

» Il n'y avait rien d'autre dans le cagibi. Nous allions repartir, impressionnés par cette trouvaille, quand j'ai aperçu un bout de papier près du cadavre.

» – Un moment ! j'ai dit, et je l'ai ramassé.

» C'était en effet un papier parcheminé, je l'ai approché de la lanterne et nous avons lu :

Je suis tombée entre les mains d'un homme cruel et vindicatif. Il a voulu m'arracher le secret des bancs de perles qui se trouvent au nord du cap Anan-Aka, d'abord en m'offrant sa main et tous ses biens, jusqu'à ce bateau à la proue duquel il a fait sculpter une figure qui me représente ; puis il m'a fait subir de terribles supplices et enfin il m'a enfermée dans ce sinistre cachot. Je le hais, il a assassiné mon père et détruit notre flottille de pêche. Je sais qu'il me reste peu d'heures à vivre dans cette grande souffrance, mais cela n'a pas d'importance. Comme je n'ai pas pu venger mon père j'emporte dans la tombe le secret des bancs d'huîtres perlières. Qu'une malédiction éternelle s'abatte sur Childrake, sur son bateau qui porte mon nom et mon visage, sur son équipage et sur quiconque montera à bord.

Leonora Bruce, 13-VI-1863.

» Nous avons informé les autorités maritimes. Elles ont ramené à terre les derniers os et la poussière du cadavre. Le patron de la *Leonora* n'a pas voulu garder la figure de proue, il l'a cassée et jetée à la mer.

» Dans un endroit discret du cimetière de Punta Arenas, des mains pieuses ont planté une croix sur laquelle on peut lire : "Leonora Bruce", suivi de deux points d'interrogation entre parenthèses, à la place des dates de naissance et de décès.

» Chaque fois qu'on mouille dans ce port je vais au cimetière, devant la croix. Puis je demande s'il y a eu de nouvelles disparitions sur la *Leonora* et depuis des années on me répond que non », termina le sergent Escobedo.

Au sud-ouest l'horizon se chargeait de nuages, le sifflet d'un officier se fit entendre et l'équipage fut appelé à d'autres tâches.

VI

Tempête en mer

– Serrez les voiles ! Serrez !

L'ordre lancé d'une voix énergique fut répété de la proue à la poupe et un va-et-vient de matelots et de cordages parcourut la corvette.

– Le baromètre continue de baisser ! s'exclama le commandant Calderón en arpentant la passerelle.

– Et à la tombée de la nuit nous serons à la hauteur du cap Tres Montes, dit l'officier de quart, le lieutenant Martínez.

La corvette se trouvait déjà en pleine zone australe, où les tempêtes sont fréquentes et les vents violents.

L'échange entre le commandant Calderón et l'officier eut lieu au moment même où le *Baquedano* était en vue, à bâbord, de cet énorme crâne qui plonge brutalement dans le Pacifique à l'entrée du golfe de Penas : la péninsule de Taitao.

La corvette courait de longues bordées en luttant contre un vent violent de sud-est, très rare dans cette région, signe de tempête lorsqu'il se lève.

Les voiles hautes avaient été carguées, on naviguait avec les focs, la misaine et les basses vergues.

– Aujourd'hui, tu vas la voir danser, la carcasse ! lança un matelot à Alejandro en se frottant les mains.

Le garçon avait déjà assisté à de petites tempêtes, mais il comprit, grâce au froid et aux bourrasques de pluie, qu'ils étaient entrés dans une zone agitée, et il attendit avec appréhension l'arrivée de la tempête.

Les quartiers-maîtres et les marins les plus chevronnés couraient de la proue à la poupe, attachaient les câbles, graissaient les poulies, débarrassaient le pont de tout ce qui pouvait constituer un obstacle, et préparaient les écoutes et les cordages pour manœuvrer au plus pressé. C'était un véritable branle-bas de combat.

Et un combat de taille semblait-il, car le commandant Calderón avait mis son ciré et ses bottes. L'équipage ne s'y trompait pas : si le vieux loup de mer sortait de sa luxueuse cabine dans cette tenue, il avait flairé la tempête.

Malgré la virtuosité avec laquelle le bateau était manœuvré on ne pouvait pas grand-chose contre ce maudit vent de sud-est. La côte de la péninsule est abrupte, inhospitalière et dépourvue de mouillage.

– L'important, c'est de gagner le cap Tres Montes et, si la tempête redouble, de le passer cap vers l'intérieur du golfe de Penas pour chercher un mouillage sur la côte nord ! déclara le commandant dans ce jargon de marin qu'il utilisait lors de la lutte contre les éléments au coude à coude avec ses hommes.

– Il faut passer le cap ! souligna l'officier de quart.

Le repas fut servi tant bien que mal. Personne ne songeait à manger dans une assiette ; les hommes se servaient directement dans les faitouts et ingurgitaient des cuillers de soupe, de haricots, de viande tandis que le bateau roulait de bâbord à tribord.

Le rituel militaire des garde-à-vous n'était plus de mise ; on imagine mal un caporal saluer dans les formes son lieutenant en pleine tempête quand un tel geste met leur vie danger. En ces moments-là, c'est une autre discipline qui règne à bord, celle du cœur bien accroché, du courage, du sang-froid ; n'est supérieur que celui qui possède ces qualités.

– Pourquoi ils ne mettent pas les machines en route ? demanda un mousse.

– Ferme-la, imbécile, un marin du *Baquedano* ne parle pas comme ça, répliqua un autre. L'ordre est de naviguer sous voile jusqu'au canal Messier, il faut tenir le plus longtemps possible.

La nuit commençait à étendre ses ombres, plus noires que d'habitude.

– Le baromètre continue de descendre, commandant, informa l'officier de route.

– Aucune importance. Ce n'est rien à côté du typhon qu'on a essuyé au Japon. Il faut à tout prix atteindre Tres Montes, répéta le commandant.

Les ténèbres s'épaississaient, la pluie s'était transformée en trombes d'eau.

Tout était bien arrimé. Pas un seul bruit de porte qui claque, de filin détaché ni de tonneau en train de rouler. On aurait dit que le bateau serrait contre lui tous ses éléments et se tenait prêt à affronter son éternel adversaire, l'océan.

– Tout le monde sur son hamac, avec les cirés prêts. Ne restent sur le pont que les quarts renforcés, ordonna le commandant.

Dans l'entrepont, les hommes se préparaient au repos. Les vieux marins ôtèrent leurs vêtements comme tous les jours et certains se mirent à ronfler comme si le bateau était ancré dans la plus tranquille des baies. Les mousses étaient un peu effrayés ; quelques-uns restaient assis tout habillés sur leur hamac ; d'autres, se forçant à imiter les vieux loups de mer qui ronflaient, s'étaient déshabillés mais se tournaient nerveusement dans tous les sens.

– Dormez bien les gars, si la carcasse coule, mieux vaut arriver tout endormi dans les bras du grand calmar, dit un matelot.

– Eh ! Silva ! Pas de formes à tribord cette nuit ? plaisanta un mousse.

– Ni de frusques à balancer à l'eau ! répliqua Alejandro, faisant allusion à la paresse de son camarade qui pour ne pas laver ses vêtements les jetait à l'eau attachés à une corde et laissait la mer les laver, ce qui lui avait valu de fréquentes remontrances.

– Cette nuit, pas question de vigies de hune ou de bossoirs ; il va manquer des bras aux écoutes, dit un autre.

– Aujourd'hui on est tous égaux ! lança un jeune matelot qui lisait beaucoup.

– Eh, toi ! pourquoi tu ne montes pas sur le pont pour faire le silence ? cria une voix lorsque le clairon arriva.

– Et tant que tu y es, joue pour que le vent cesse de gueuler et qu'il se couche.

– Il te la ferait bouffer, ta trompette !

Le clairon, se tenant d'une main à une poignée, porta l'instrument à ses lèvres et tenta de jouer le signal d'extinction des feux, mais il ne parvint qu'à émettre un son strident et désagréable.

– Eh, on t'a demandé le silence, pas du bruit, protesta un matelot réveillé par la trompette.

Il était vingt et une heures précises et on n'entendit plus aucune voix dans l'entrepont.

Sur le pont régnaient la pluie, le vent et la mer. Les postes les plus dangereux étaient occupés par des matelots chevronnés, les mousses avaient les moins exposés. Certains, sur ordre, s'étaient attachés au mât ou en quelque endroit du poste dont ils avaient la responsabilité.

Les bordées étaient longues et fatigantes. Le bateau filait rapidement, donnant de la gîte à tribord quand il était orienté vers l'est, et à bâbord quand il l'était vers l'ouest. Les hommes de quart se protégeaient tant bien que mal des lames qui balayaient le pont.

La tempête ne donnait pas de signes d'accalmie ; au contraire, elle grossissait. Le commandant Calderón, debout sur la passerelle, hurlait ses ordres dans un porte-voix. Avec son ciré dégoulinant de pluie, on aurait dit un gros phoque luisant.

Les officiers regardaient leur montre, nerveux, sachant que les tempêtes se calment ou redoublent de force toutes les quatre heures.

Dans l'entrepont plus personne ne dormait, pas même les vieux. Les lumières furent allumées. Les hommes semblaient calmes, mais leurs yeux grands ouverts fixaient le plafond. La corvette gémissait, ses flancs craquaient, pressés par des forces énormes qui voulaient la faire éclater comme un œuf.

La peur se lisait sur les bouches entrouvertes des mousses à chaque coup de mer qui martelait la coque du navire.

L'assaut venait de tous côtés, même du pont d'où on entendait les vagues frapper les mâts et les roufs.

Certains mousses apeurés tremblaient à chaque formidable soubresaut et ne savaient plus s'ils étaient sur l'eau ou sous l'eau.

Les lumières s'éteignirent brusquement et la peur monta.

Alejandro, qui avait mis son ciré, s'assit dans son hamac et regarda autour de lui. L'entrepont était plongé dans une effrayante obscurité. Tous les hommes étaient réveillés et tendus, mais personne ne disait mot.

La lumière revint. Alejandro se souvint des

paroles entendues un jour de la bouche d'un marin : « En mer, quand la mort s'approche, il faut ouvrir grands les yeux et la regarder en face ; alors, elle fait moins peur, c'est comme si tu allais descendre à quai. C'est pour ça qu'un naufrage est moins dur sur une barque que sur un navire. Sur une barque on regarde la mort dans les yeux, on a envie de se lever et de marcher à son bras au milieu des vagues, mais sur un navire, tout est trop grand, il y a trop de bruit, d'appels, la mort s'annonce de façon si terrifiante que lorsqu'elle arrive on est comme fou. Plus grand est le bateau, plus dur est le naufrage. »

Soudain l'entrepont s'éleva à un point jamais atteint, puis redescendit vertigineusement et un choc sourd, effroyable, ébranla le navire. Puis il remonta et resta un instant immobilisé, oscillant, palpitant de toute sa membrure, comme au bord d'un abîme.

Les hamacs heurtèrent le plafond de l'entrepont, des hommes furent précipités par terre et un hurlement de terreur s'éleva dans un coin.

Alejandro avait le cœur au bord des lèvres. Il serra les poings jusqu'à enfoncer ses ongles dans la chair et ouvrit des yeux démesurés, attendant. Attendant la mort qui ne viendrait pas de face.

Malgré la brutalité des coups qu'elle recevait,

la vieille carcasse se défendait encore et affrontait résolument la mer démontée. En réalité, trois grandes vagues l'avaient culbutée et quasiment engloutie lors d'une délicate manœuvre de virement de bord. Elle avait bien failli couler.

– On a viré de bord. C'est du sérieux, maintenant, dit un matelot.

– Les focs et les trinquettes n'ont pas tenu au vent et le bateau s'est couché, continua un autre.

– Il vaut mieux virer vent devant, sinon on peut perdre toute la bordée. Calderón est un bon marin, il ne virerait jamais vent arrière, dit un vieux.

– Relève des quarts ! cria un quartier-maître en ouvrant le panneau d'écoutille.

Il était près de quatre heures du matin. Les matelots et les mousses qui devaient relever leurs camarades enfilèrent leurs cirés et montèrent par groupes sur le pont. Alejandro faisait partie du groupe affecté au mât de misaine.

Ils attendirent le passage d'une grande vague et rejoignirent leur poste en courant ; Alejandro fut envoyé, avec deux camarades, à une écoute.

Le spectacle sur le pont n'était pas moins terrifiant que celui que les hommes imaginaient dans l'entrepont. Le navire montait à l'assaut de véritables montagnes d'eau. Le Pacifique Sud traversait une de ses nuits de furie, que seuls de grands marins peuvent affronter.

Les petites vagues étaient rapidement franchies sans grande difficulté, mais quand arrivaient les trois grandes lames, l'allure diminuait, le navire présentait le travers à mi-flanc et le dernier rouleau explosait sur le pont qui était balayé d'eau de la proue à la poupe. C'était le moment le plus dangereux, les mousses se cramponnaient au sol pour ne pas être emportés par les paquets de mer.

Nuit horrible. Les hommes deviennent les jouets des éléments et seul un obscur héroïsme leur permet de ne pas se jeter dans les bras de la mort qui attend.

– Encore trois bordées et je crois qu'on pourra doubler le cap Tres Montes, dit le commandant en regardant sa montre.

– L'heure de l'accalmie est passée et c'est de pire en pire ! s'exclama l'officier de quart.

– La direction du vent ne change pas ! observa l'officier de manœuvre.

Malgré le danger, la corvette continuait de louvoyer obstinément vers la côte.

Trempé de la tête aux pieds, Alejandro pensa qu'il valait mieux être dehors en pleine tempête qu'enfermé dans le piège à rats de l'entrepont.

Soudain on entendit un coup de sifflet qui perça les rafales d'eau et de vent et un ordre crié :

– Pare à virer ! lança le quartier-maître qui commandait le quart de misaine.

À chaque mât, les hommes se tinrent prêts à la manœuvre.

– Virer de bord ! hurla une voix.

– Border les écoutes de tribord !

Les ordres se succédaient.

Les hommes rassemblés à leur poste se mirent à tirer sur les cordages. La corvette donna plus de poupe et bondit en avant. Quand elle tint l'allure du largue, le commandant sur la passerelle hurla :

– Passer à bâbord !

Deux timoniers actionnèrent vigoureusement la barre et le navire commença de virer.

– Border les écoutes de bâbord ! ordonna-t-on au pied des mâts.

Le *Baquedano* se mit bout au vent, son allure ralentit brusquement et les voiles alors flottèrent dans l'air comme de vulgaires chiffons, avec une telle violence qu'on aurait dit qu'elles allaient se déchirer en lambeaux.

Le navire tanguait sur place et donc sans direction au milieu des grandes vagues. Le moment était terriblement dangereux.

Subitement le petit foc, le foc et la trinquette

cessèrent d'ondoyer et se gonflèrent par tribord, le navire vira à bâbord, le reste de la voilure se gonfla à son tour, et le *Baquedano* repartit à vive allure, incliné, à mi-flanc contre le vent.

Après avoir tendu et fixé les écoutes, les matelots et les mousses se recroquevillèrent de nouveau sur le pont dans l'attente de la fin de ce supplice.

Alejandro avait changé d'idée et pensait maintenant qu'il valait mieux mourir à l'abri dans l'entrepont que d'endurer les coups de fouet de cette nuit horrible sur le pont. Il était trempé, le froid harcelait son corps d'adolescent et il se sentit peu à peu gagné par cet état de faiblesse où se brisent les volontés les plus aguerries.

Les flots redoublaient de furie ; ce n'était plus l'océan mais un univers de folles montagnes liquides qui dansaient en se fracassant les unes contre les autres. Le vent hurlait, mugissait, des torrents de pluie s'abattaient comme une mer se déversant d'en haut. De temps en temps on entendait des cris lacérants, plaintifs, des appels retentissants jaillissaient des flots et du vent. C'était la voix de la tempête.

La bordée se faisait plus longue ; le *Baquedano* naviguait depuis une heure dans la même direction lorsqu'on entendit de nouveau le sifflet et les voix :

– Pare à virer !

La même manœuvre allait se répéter. Chaque homme était à son poste.

De nouveau la corvette augmenta la voilure, prit de la vitesse et, au moment propice, un tour de barre la fit virer, cette fois à tribord. Même ondoiement de focs, de coutelas et de misaine, mêmes monstrueux paquets d'eau déferlant par la proue comme pour engloutir le bateau et mêmes instants décisifs avec la mort en face.

Les focs prirent le vent, la misaine et les coutelas gonflèrent et une autre bordée commençait lorsque quelque chose d'étrange se passa sur le grand mât.

Une vergue n'obéissait plus et, coincée, s'opposait au vent, mettant en péril la stabilité précaire du navire.

La tempête sembla profiter de ce désavantage pour redoubler de violence. Le bateau avançait de manière anormale. Le fracas des vagues était effroyable.

Soudain, un homme apparut dans les cordages du grand mât et grimpa comme un singe vers la vergue coincée. Saisis, les hommes de quart le suivaient des yeux.

Parfois il vacillait comme s'il allait tomber à l'eau, mais il attendait que le roulis faiblisse et grimpait un peu plus haut.

Brusquement, une lueur éclaira son visage. Le commandant avait ordonné d'allumer le projecteur et de le braquer sur la vergue.

L'homme affronta ainsi plus sereinement le danger.

Le commandant et les officiers inquiets suivaient sa progression de la passerelle.

Alejandro avait oublié la tempête et s'agrippait des deux mains pour regarder lui aussi l'audacieux matelot.

Quand il arriva au pied de la vergue on le vit prendre appui sur des cordages et saisir son couteau de marin qui brilla à la lumière du projecteur ; puis il se pencha et entreprit de couper un filin. Brusquement, en une fraction de seconde, il mit le couteau entre ses dents et s'empara du câble qui coinçait la vergue. Aussitôt son corps se détacha des cordages où il se tenait et suspendu au câble qu'il devait couper il commença de se balancer.

Il essaya à l'aide d'une grosse corde de grimper le long du câble, mais une vague immense inclina dangereusement le bateau, un coup de vent fit tourner la voile et, fouetté par les cordages, l'homme fut arraché comme une ombre et disparut happé par la nuit et les flots en furie.

Il était inutile de crier « Un homme à la mer ! », inutile de jeter une bouée à l'eau…

À la troisième bordée le *Baquedano* doubla le cap Tres Montes, ainsi que l'avait prévu le commandant, et entra dans le golfe de Penas à la recherche d'un port pour se mettre à l'abri.

Avec les premières lueurs de l'aube, il fit son entrée toutes voiles baissées dans la baie de Puerto Refugio, au nord du golfe.

Au port les attendait une surprise : une flottille baleinière, composée d'un bateau-usine et de quatre chasseurs, se trouvait à la cape. Les attendait aussi un vestige tragique : le transport *Valdivia,* échoué des années auparavant sur un récif inconnu, montrait sa poupe à la surface, comme un triste avertissement à ses camarades de la Marine.

La glorieuse corvette avait gagné un enfant dans la première étape de sa route mais en avait perdu un autre qu'elle pleurait. Le livre de bord mentionnait le même effectif que le jour du départ de Talcahuano : trois cents hommes.

VII

Chasse à la baleine

Un jour splendide se leva. La baie de Puerto Refugio est entourée de grandes cordillères qui la protègent des vents. Des lichens et quelques hêtres rachitiques sont la seule végétation qu'on peut observer à flanc de montagne.

La tempête s'était dissipée et n'avait laissé en souvenir que des nuages blancs et cotonneux qui se déchiraient paresseusement sur les pics.

Au centre de la baie, le *Baquedano* se reposait comme un gros animal mouillé, un cheval en nage qui aurait galopé des lieues. Les voiles pendaient des mâts, gorgées d'eau, inertes, tels des bras ballants ; à la proue séchaient les focs qui faisaient songer à ces mouchoirs qu'on pose sur le front des malades fiévreux.

Le vieux navire fatigué portait les traces de la terrible tempête qu'il avait affrontée la nuit précédente.

Sur le pont, officiers et matelots s'affairaient à réparer les avaries.

– Notre *Baquedano* est une vraie bouée, il résiste à tout ! dit Alejandro tandis qu'il aidait un camarade à étendre une voile du trinquet sur le château de proue.

– C'est presque ça, répondit celui-ci. Triple fond, coque en fer, puis une grosse épaisseur d'un bois imperméable, dur et léger comme du liège, et enfin des plaques de cuivre pour empêcher les tarets de passer à table. Il faudrait le mettre en pièces pour le faire couler !

– On ne lève pas l'ancre avant d'avoir réparé les dégâts, peut-être après-demain ! dit un mousse.

Une sonnerie de clairon interrompit leur conversation : rassemblement pour l'appel et la lecture de l'ordre du jour.

Tout l'équipage, du commandant au dernier mousse, s'aligna sur le pont.

Un caporal écrivain fit l'appel. Les hommes se mettaient au garde-à-vous en répondant « Présent ! »

Il avait déjà nommé plus de la moitié de l'équipage lorsqu'il appela :

– Première classe Juan Bautista Cárcamo.

Un bref silence puis une voix forte répondit avec solennité :

– Mort en service !

Quelque chose d'étrange passa sur les visages de ces trois cents hommes ; des yeux regardèrent le pavillon en berne qui flottait sur le mât de misaine, des têtes s'inclinèrent, visiblement émues.

Alejandro revit le marin disparaître dans la nuit, un couteau brillant entre les dents, et se sentit solidaire de ces deux cent quatre-vingt-dix-neuf hommes et de ce bateau. Tous étaient unis dans le souvenir de leur courageux camarade.

Le caporal continua de faire l'appel.

Quand il eut terminé, il passa à la lecture de l'ordre du jour. Après avoir détaillé les tâches et les manœuvres quotidiennes, il en vint à un bref paragraphe, rédigé avec ce laconisme propre aux gens de mer :

Marin de première classe Juan Bautista Cárcamo. À 4 h 45 du matin, cet homme d'équipage, dans un élan de courage, monta couper des cordages qui entravaient la vergue du grand mât, mettant le bateau en péril. Après y être parvenu, il tomba à l'eau et succomba. Il est mort en accomplissant son devoir.

Le commandant prit alors la parole :

– Nous allons observer une minute de silence à la mémoire de ce courageux marin.

– Garde-à-vous ! ordonna le commandant en second. Clairon, la sonnerie aux morts.

La triste mélodie résonna jusqu'au fond de la baie ; la troisième note, haute, prolongée, s'éteignit comme une plainte tandis que les trois cents hommes demeuraient au garde-à-vous, hiératiques, les yeux perdus dans le lointain de l'océan.

Des mousses ne purent contenir de grosses larmes qui coulaient sur leurs joues d'adolescents.

Tous se tenaient tête haute, sauf un, le vieux sergent Escobedo, qui, en bout de rang, tête penchée, fixait la mer avec tristesse comme on fixe une tombe ouverte. Il se souvenait que sous d'autres latitudes il s'était ainsi séparé de bien des camarades.

Une équipe fut désignée pour la réparation des dégâts, une autre pour le ramassage de coquillages. Une délégation de cadets et de mousses sous les ordres d'un officier fut invitée par les baleiniers à assister à une chasse.

Ils allèrent d'abord saluer le capitaine du bateau-usine, l'*Indus I,* sur lequel on dépeçait les baleines et où on faisait fondre la graisse dans de grands chaudrons pour obtenir de l'huile, puis ils rejoignirent deux des quatre bateaux chasseurs qui prenaient la mer ce matin-là : le *Chile* et le *Noruega*.

Les marins norvégiens et chiliens leur offrirent des fume-cigarette en ambre gris et d'autres beaux objets d'ivoire qu'ils fabriquaient pendant leurs heures de loisir.

Alejandro monta à bord du *Noruega,* un curieux petit vapeur que commandait un Norvégien hippopotamesque. Il observa les énormes cadavres de baleines qui entouraient l'*Indus I* sur lesquels marchaient des hommes aux semelles hérissées de grands clous afin de garder l'équilibre sur la peau glissante pendant qu'ils amarraient les cétacés qui allaient être hissés sur le pont pour y être dépecés.

Quatre sirènes brisèrent à l'unisson la paix de Puerto Refugio. Celle de l'*Indus I* leur répondit, plus puissante et plus sonore, et les quatre petits baleiniers prirent la route du large à dix milles à l'heure.

Ils se déployèrent en éventail. Deux d'entre eux partaient pour trois ou quatre jours, tandis que le *Noruega* et le *Chile* ne resteraient qu'un jour en mer afin de permettre aux hommes du *Baquedano* de participer à la chasse.

– Le tout est de rencontrer des baleines ! lança le pilote du *Noruega*. Les chasseurs partent en haute mer à la recherche des baleines pendant trois ou quatre jours. Ils commencent par les traquer. Sur chaque baleine attrapée on plante dans le dos un drapeau qui porte le nom du bateau et on laisse flotter l'animal à la dérive, sinon ce serait impossible de continuer à poursuivre les autres en traînant un de ces monstres. En général, un chasseur tue huit à dix baleines, parfois dans la journée, à d'autres il faut quatre jours pour en attraper une. C'est difficile de rentrer au port le bateau vide. Quand ça arrive, on se cache le visage tellement on a honte, termina le pilote en souriant.

Les machines du *Noruega* tournaient à plein régime. Les matelots du *Baquedano* observaient le canon de proue qui tire des harpons propulsés par une charge de poudre.

– Le harpon est un fer aiguisé d'un mètre de long et de deux pouces de diamètre, expliqua le pilote. La pointe est munie de trois ou quatre lames couchées qui s'ouvrent en parapluie lorsque le harpon pénètre dans le corps de la baleine. Le filin qui est accroché fait le reste. La baleine blessée s'éloigne à toute vitesse et le filin se déroule d'un tambour situé au fond de la cale et qui est équipé d'un grand ressort d'acier pour amortir les derniers soubresauts de l'agonie.

Ils avaient navigué un peu plus de deux heures. Le *Noruega* commença de décrire de grands cercles tandis que sur la hune le gabier scrutait les parages.

– C'est Silva qui devrait être là-haut ! lança quelqu'un, et tous éclatèrent d'un rire cordial au souvenir du garçon qui n'avait pas su reconnaître des baleines lors de son premier quart.

La mer agitée par une houle assez forte ressemblait à un immense champ retourné. Au loin, on apercevait le *Chile* qui patrouillait comme une étrange sentinelle.

Un solide repas fut servi.

– Nos amies les baleines ont l'air d'avoir peur de vous ! s'exclama dans le carré l'énorme capitaine norvégien.

Mais en milieu d'après-midi on entendit soudain le gabier lancer le cri traditionnel :

– Baleine à la proue !

Les hommes d'équipage coururent à leur poste. Le capitaine prit la barre, le pilote chilien, qui était le chasseur, courut au canon et les visiteurs se placèrent au meilleur endroit pour ne pas perdre une miette du spectacle.

Brusquement, des jets d'eau s'élevèrent à l'horizon.

– Elles viennent du *Chile* ! s'écria le capitaine.

Puis les jets disparurent. Le capitaine ordonna de lancer les machines à plein régime, vira rapidement de bord et mit le cap vers l'endroit d'où les jets avaient fusé.

Le vieux loup des mers nordiques connaissait bien son métier. Il vit que les baleines plongeaient et, comme il devinait la direction qu'elles allaient prendre sous l'eau, il se dirigea là où, selon ses calculs, elles referaient surface.

Le *Noruega* filait à plus de seize milles à l'heure. Chacun était tendu à son poste. Seule la mer impassible semblait ne pas se rendre compte qu'on allait lui arracher l'un de ses plus grands et beaux enfants.

Soudain, ordre fut donné d'arrêter les machines. On n'entendit plus un bruit à bord et le capitaine à la barre fit prudemment zigzaguer le bateau sur son erre.

Tout d'un coup, la mer se souleva comme sous la poussée d'un étrange courant et une vague noire gonfla à la surface, suivie d'une autre plus faible, et quatre jets d'eau s'élevèrent très haut. Deux baleines, une grande et une petite.

Le bateau tourna comme le fait un cheval sur ses pattes de derrière quand le *huaso*[1] lui donne

1. Paysan chilien.

un coup de bride et d'éperons. Une détonation domina le tumulte des eaux et l'animal plongea rapidement.

Le filin se déroula un peu, puis le tambour s'arrêta. Furieux, le capitaine s'écria :

– Tu as raté ta cible, pilote !

– Non, capitaine, le harpon lui est entré en plein flanc, répondit le pilote avec assurance.

Les secondes suivantes furent interminables.

Soudain, le petit baleinier fut ébranlé et une grosse vague se forma à bâbord, s'éleva un peu au-dessus de la rambarde et fouetta les caissons du bastingage.

Les hommes affolés se précipitèrent sur le flanc opposé et les marins du *Baquedano* furent aspergés de la tête aux pieds.

La baleine enhardie continua de donner de terribles coups de queue sur la coque du bateau.

– En avant, machines toutes ! ordonna le capitaine, et le *Noruega* s'écarta de son adversaire.

La baleine plongea de nouveau et, cette fois, le filin se déroula à une vitesse vertigineuse. Le *Noruega* naviguait au maximum de sa vitesse dans la même direction. L'animal en fuite traçait un large sillon rouge à la surface des eaux.

Bientôt, le filin arriva en fin de course et il ne resta que le ressort pour amortir les violentes secousses de la baleine à l'agonie, déchirée par le harpon dont les quatre lames étaient plantées dans la chair.

– Ça n'arrive pas souvent ; d'habitude, dès qu'elles se sentent blessées, elles plongent, dit le pilote aux mousses.

On commença de rembobiner le filin à mesure que le bateau avançait en réduisant son allure.

Quelque chose tournait autour du cadavre du cétacé. Deux gerbes liquides jaillirent au-dessus des vagues.

– Un baleineau ! La baleine est une femelle, dit le capitaine. Bon, la démonstration suffira pour aujourd'hui. On remorque la baleine au filin jusqu'à Puerto Refugio.

Lorsque le *Noruega* entama la manœuvre de remorquage, le baleineau refit surface à côté de sa mère morte.

Le petit cétacé, d'environ huit mètres de long, tourna encore un moment autour du cadavre inerte, le frôla de sa tête, comme essayant de le tirer de son étrange sommeil, puis se perdit lentement sous les eaux, pour réapparaître de temps à autre, cherchant peut-être à comprendre ce qui se passait.

– Pourquoi vous ne lui tirez pas dessus ? demanda quelqu'un.

– C’est interdit de tuer les baleineaux, répondit un homme du bateau.

À la proue, à côté du canon, le chasseur baissait la tête comme si la réverbération le gênait.

VIII

Les Alakaluf

Il fallut une nuit et un jour au *Baquedano* pour traverser le golfe de Penas, de Puerto Refugio jusqu'à l'entrée du canal Messier.

À la tombée de la nuit, il fut en vue du phare San Pedro et de la station de radio installée dans ces parages solitaires.

L'étape de navigation sous voile était accomplie. Ordre fut donné d'affaler la voilure, et la corvette pénétra dans les eaux calmes des canaux avec ses machines auxiliaires, dont la vitesse maximale ne dépassait guère sept milles à l'heure. Pour un navire de cette taille, la navigation sous voile est impossible dans ces étroits canaux aux vents tourbillonnants et fantasques.

Le voyage devenait monotone. Le navire glissait jour et nuit au milieu de chenaux tortueux, entre de hautes falaises, sur des eaux plates, profondes, que l'ombre des montagnes laquait de noir.

Les canaux des Magellanes sont uniques au monde. On dirait que la cordillère des Andes s'est séparée en deux sur sa ligne de crête et qu'un long et mince canal s'écoule, du nord au sud, au pied des cimes enneigées.

Dans ces parages désolés la vie se réduisait à des bandes de phoques et de loutres. De temps à autre, le plumage blanc d'un ramier se détachait sur la grisaille du paysage.

Les quarts avaient été allégés ; il n'était plus nécessaire de dormir au pied des mâts. Mais parfois, en pleine nuit, alors que l'équipage dormait profondément, le branle-bas retentissait et des manœuvres étaient effectuées : « un homme à la mer », « abandon du navire », « feu à bord ».

Certains après-midi étaient consacrés à des cours de chant. La fanfare de la corvette s'installait sur le château de proue et l'équipage s'alignait sur le pont. Le maestro, un officier musicien, donnait trois coups de baguette sur le pupitre et, aux premiers accords, près de trois cents hommes entonnaient de magnifiques chants de mer.

Au milieu de ces canaux paisibles, dans le calme de ce monde immobile et sombre s'élevaient les voix d'un chœur impressionnant, dont l'écho se répercutait d'une rive à l'autre, tel un chant de conquête adressé à ce paysage démesuré et sauvage.

Le Paso del Abismo fut pour les cadets et les mousses une vision inoubliable : les montagnes s'élevaient, tranchées en murailles verticales, tandis que le canal s'étranglait de plus en plus, et tout à coup le spectacle dépassa les limites de l'imagination : le canal devint aussi étroit qu'une gorge des Andes tandis que les sommets semblaient sur le point de se toucher. La lumière qui pénétrait au fond de cette gorge était si faible que le bateau naviguait dans une pénombre de crépuscule.

Au Paso del Abismo succéda l'Angostura Inglesa, la zone la plus périlleuse des canaux des Magellanes.

À son approche, toutes les mesures préconisées par les instructions nautiques furent prises : on vérifia le courant, la position des signaux pyramidaux, placés au sommet des innombrables îlots et rochers, et des balises flottantes qui faisaient office d'agent de la circulation sur cette route morcelée.

Dans l'Angostura Inglesa ne peut naviguer qu'un bateau à la fois. De sorte qu'avant de s'y aventurer un navire doit lancer un appel prolongé de sirène.

Deux hommes se postèrent aux cabestans, prêts à lancer les chaînes à l'eau en cas de danger, la corvette fit hurler sa sirène et s'engagea en serpentant entre les îlots. Vers la fin du chenal la manœuvre devint plus délicate. Il fallait doubler une île ronde en passant au bord d'un énorme bloc rocheux hérissé de hêtres. Bien des navires avaient ici terminé leur carrière.

Le *Baquedano* frôla les arbres, vira rapidement à bâbord puis à tribord et déboucha sur Puerto Eden.

Puerto Eden est aussi beau que son nom le laisse espérer. C'est une baie qui s'ouvre à la sortie d'un labyrinthe d'îles.

– Étrange qu'une flottille d'Alakaluf ne vienne pas à notre rencontre. Ils sont nombreux par ici, dit un marin qui scrutait les îles en compagnie d'Alejandro.

– Regarde ! fit le garçon en montrant un bateau de gros tonnage qui apparut derrière un îlot.

– Il est échoué ! s'exclama le marin.

En effet, le bateau avait la proue relevée et se trouvait incliné par tribord. Autour, s'agitaient des Indiens avec leurs canoës.

La corvette passa au large, contourna un îlot et alla jeter l'ancre dans la baie. À sa vue, les Indiens remontèrent dans leurs canoës et disparurent dans le canal.

– Si ces filous s'enfuient comme ça, c'est qu'ils n'ont pas la conscience tranquille ! grommela le commandant. Sinon ils seraient venus nous demander du pain et des vêtements.

– Regardez, commandant ! intervint l'officier de quart en désignant du doigt une pyramide au sommet d'un îlot.

– Les salopards ! lança le commandant. Ils ont changé la pyramide d'îlot pour égarer les bateaux et les faire s'échouer. Appelez immédiatement les stations de radio et les bateaux qui naviguent sur cette route.

– Il y a aussi des bateaux qui viennent leur faucher leurs peaux de loutre ! commenta un marin à voix basse.

Les Alakaluf sont considérés comme la race la plus arriérée de la planète. Ils vivent dans la région des canaux et se nourrissent de poissons et de phoques. Ils avaient autrefois cette coutume criminelle de déplacer les balises pour faire s'échouer les bateaux et les piller. Heureusement, la Marine a construit aujourd'hui, dans cette zone, des balises indestructibles et inamovibles.

L'équipage travailla une journée entière à remettre la balise à sa place et le *Baquedano* repartit vers Punta Arenas.

– Informez les bateaux qui prennent cette route qu'il y a beaucoup d'icebergs dans le canal et que la navigation est dangereuse, ordonna le commandant.

La corvette avançait à faible allure au milieu d'une caravane d'étranges formes blanches : éléphants couchés, cygnes, esquifs, cathédrales, gratte-ciel, figures humaines, et toutes ces formes capricieuses que prennent les blocs de glace quand ils se détachent des glaciers et qu'ils sont modelés par les courants marins.

L'iceberg est une masse de glace dont le volume visible à la surface de l'eau n'est que le huitième du volume total, de sorte qu'une collision avec un iceberg qui semble petit peut être fatale pour un bateau.

– Aujourd'hui, nous avons un exercice de tir, mon capitaine. Si on prenait les glaçons pour cibles ? dit un jeune officier artilleur au second.

– Faisons d'abord ce qui est prévu. Après on pourrait essayer quelques tirs, répondit le second.

Une heure plus tard, du pont où était installé le poste de tir commandé par un lieutenant deuxième artilleur, on entendit :

– Artilleurs à vos postes !

On allait effectuer le premier exercice. La corvette entra dans une petite baie en forme de fer à cheval où elle jeta l'ancre.

Sur la rive opposée du canal commencèrent à défiler de petits tonneaux surmontés d'un fanion rouge, qui avaient été largués par une barque à moteur du *Baquedano*.

Ces bouées, destinées aux exercices de tir, avançaient rapidement, entraînées par le vent et le courant. Le pointeur manœuvra son canon et le lieutenant qui dirigeait l'exercice cria :

– Feu !

La détonation fit un bruit de tonnerre et l'obus souleva une colonne d'eau tout près de la petite bouée.

Par deux fois la cible fut ratée. Un troisième tir détruisit fanion et tonneau.

De nombreuses bouées semblables se succédèrent. Les ordres fusaient plus énergiquement et les canons de la corvette se mirent à tirer rapidement.

Les colonnes d'eau jaillissaient de la mer. Les serveurs des pièces d'artillerie introduisaient les obus dans la chambre, tiraient aussitôt après sur un cordon, et le canon reculait sur ses rails.

En moins de deux minutes la flottille de bouées fut détruite ; une seule, surmontée de son fanion ondoyant, semblait défier les artilleurs qui continuèrent de la viser.

La houle du canal faisait monter et descendre la bouée, les obus soulevaient autour d'elle d'énormes gerbes, mais elle resurgissait intacte, enveloppée d'écume, fanion au vent. Les artilleurs s'acharnaient à faire disparaître ce fragile objet qui les narguait.

Enfin, un tir mieux ajusté emporta le fanion. Un cri de triomphe s'éleva du pont, mais le petit tonneau, à peine visible, flottait encore à la surface.

Le chef de tir ordonna de cesser le feu : la cible devenait impossible à atteindre.

La corvette leva l'ancre et reprit la route du canal, qui devenait très large à cet endroit.

Le courant et le vent avaient poussé de nombreux icebergs sur une rive. Le *Baquedano* se rangea sur la rive opposée.

Les mêmes ordres furent lancés et l'artillerie se remit à tonner.

Des icebergs volèrent en éclats comme d'étranges bateaux blancs dans une bataille navale. On utilisait des obus à percussion qui pénétraient dans la glace et explosaient comme une bombe.

Soudain, un gigantesque iceberg apparut dans une courbe tel un navire de cristal venant de prendre la mer. C'était une vision extraordinaire ; le soleil se décomposait en mille couleurs vives dans les entrailles de la glace et cette lumière se reflétait comme si d'innombrables petits miroirs illuminaient ce beau vaisseau. Beau mais dangereux, un choc et c'était le naufrage.

Machines à plein régime, la corvette vira légèrement pour pointer ses canons de bâbord sur l'iceberg et une formidable détonation ébranla le canal. Le bateau-école avait lâché une bordée qui l'inclina comme lorsqu'il naviguait sous voile.

Les obus explosèrent dans le cœur de la glace et disloquèrent la gigantesque masse blanche dont les éclats brillants retombèrent en gerbes sur la mer.

La corvette accomplissait ainsi une double mission : effectuer les exercices réglementaires et balayer les glaces qui rendaient la navigation périlleuse.

IX

De Punta Arenas à la tombe du Diable

Le *Baquedano* fit une tournée des phares, distribua des vivres et des vêtements aux Indiens Alakaluf, remplit ses cales de charbon aux dépôts que possède la Marine à la péninsule Muñoz Gamero, contourna le cap Froward, le rocher abrupt qui marque la fin des terres continentales et, après avoir doublé le phare San Isidro, découvrit un beau matin d'hiver la ville de Punta Arenas, aux quarante mille habitants, située au bord du détroit de Magellan, en face de l'île légendaire de Terre de Feu.

L'équipage monta sur le pont pour contempler la ville, après ce long mois de voyage et de manœuvres dans des lieux inhabitables, des canaux et des fjords.

« Punta Arenas ! », soupira Alejandro sur le pont du château de proue en regardant le port qui commençait de se détacher au loin et en pensant à la promesse faite à sa mère : retrouver son frère Manuel, ou du moins obtenir de ses nouvelles.

La ville, adossée aux flancs de la péninsule de Brunswick, était blanche de neige. On aurait dit une fantastique métropole de marbre.

La corvette jeta l'ancre face à un gigantesque môle qui s'avançait dans la mer et sur lequel de puissantes grues chargeaient et déchargeaient les marchandises de grands bateaux battant pavillons de toutes nationalités.

– Ce sont des bateaux européens, ils viennent chercher de la laine et de la viande congelée, les principales richesses de la région, expliqua un marin à Alejandro.

Les coups de canon d'usage saluèrent la visite des autorités navales et du commandant de la place.

Le jour suivant était un dimanche, et dans cette ville, la plus australe du Chili, se déroule à la mi-journée une cérémonie particulière : le salut aux couleurs. En hommage à la ville, un détachement de la corvette devait défiler dans les rues.

Le lendemain, en fin de matinée, les chaloupes commencèrent à débarquer la troupe du *Baquedano*. Les petits bateaux chargés de marins aux bonnets blancs avaient un air de fête.

– Arme à l'épaule ! À droite, droite ! En avant,

marche ! ordonna d'une voix de stentor le lieutenant qui commandait le détachement.

La fanfare entama une marche vibrante et les hommes vêtus de bleu, coiffés de blanc et en guêtres café se mirent en mouvement.

La neige couvrait les rues, les autos avançaient comme de gros cafards, patinaient, et tout était étrange et beau aux yeux des jeunes marins.

Le public applaudissait au passage des hommes du *Baquedano* qui venaient du cœur du Chili pour saluer la lointaine cité des Magellanes. Mais le plus applaudi était le tambour-major qui faisait voltiger son bâton à chaque carrefour.

La grand-place, avec ses arbres fleuris de neige, était noire de monde.

La compagnie présenta les armes puis défila gaillardement sous les applaudissements et les exclamations du public.

Il y eut de grandes festivités pendant une semaine. Partout, cadets et mousses furent cordialement reçus.

À la fin de la semaine, un mousse, tout jeune adolescent, postait la lettre suivante :

Señora María, veuve Silva. – Talcahuano

Chère maman,

Je t'envoie cette lettre de la première ville où

nous avons fait escale après un très long voyage. Je sais que tu m'auras pardonné, comme m'a pardonné le commandant du bateau, qui m'a nommé mousse.

Après le récit des moments les plus intéressants du voyage, la lettre se terminait ainsi :

Ici, à Punta Arenas, tout est blanc et tout est beau. Nous avons visité les grandes estancias avec leurs millions de moutons de Patagonie ; nous avons vu les abattoirs où on congèle la viande qu'on envoie au Nord du pays et en Europe. Les gens font du patin à glace, du ski et du traîneau. Les maisons ont l'air solide, les rues sont pavées et tout est bien propre comme à Concepción et d'autres villes du Chili.

J'ai couru partout à la recherche de mon frère et personne n'a rien pu m'apprendre. Son nom apparaît sur le registre de la Capitainerie, à son arrivée, mais rien n'indique qu'il soit reparti. Et on ne trouve rien non plus aux postes des carabiniers qui notent le passage des voyageurs sur les deux routes qui partent de la ville.

Un vieux marin me dit qu'il s'est peut-être embarqué clandestinement sur un cotre de chasseurs de phoques.

Il ne faut pas désespérer, demain nous appareillons pour le cap Horn, dernière étape du voyage, et là, j'aurai peut-être des nouvelles de Manuel.

Ton fils qui t'embrasse.

Alejandro.

En réalité, il était désespéré mais ne voulait pas l'avouer à sa mère. Il avait cherché son frère de tous côtés, en vain, et maintenant il allait repartir vers des régions désolées où ne vivaient que des Indiens, des chasseurs, des chercheurs d'or et des contrebandiers. Là où il avait peu de chance de le retrouver.

Le lendemain, dans l'après-midi, après avoir fait le plein de vivres et de charbon, la corvette appareilla en direction du cap Horn avec un plan de navigation mixte, voiles et machines.

En passant devant les derniers bateaux mouillés au bout de la baie, le sergent Escobedo montra de la main un vieux voilier en piteux état, rongé par le temps, qui disparaissait dans les premières ombres du crépuscule, et dit à Alejandro :

– Voilà la *Leonora* du fantôme. Je suis allé sur la tombe. On m'a dit que plus personne n'avait disparu. Tu vois, je l'ai désensorcelé, ce bateau.

La corvette descendait par la queue de l'Amérique le long du canal Magdalena.

– Il fait de plus en plus froid. Bizarres, ces régions, dit un mousse un après-midi où la neige tombait silencieusement, tapissant le pont et grossissant les cordages.

Les chutes de neige rendirent impossible l'usage des voiles dans les canaux.

Dans la terrible passe du Brechnock, la corvette ressentit les premiers effets de l'approche du cap Horn. Elle fut secouée par d'énormes vagues et des courants inhabituels.

Puis elle pénétra dans le bras nord-ouest du canal Beagle, la route la plus australe du monde, célèbre parmi les navigateurs, et doubla l'île du Diable, très redoutée, à la confluence des deux bras du canal.

Une nuit, en pleine zone de glaciers, le sergent Escobedo montra à Alejandro et aux autres mousses les énormes coulées de glace qui jalonnaient la côte.

– Voilà les glaciers Italia et Romanche, dit-il. Une fois, un iceberg s'est détaché d'un glacier et a terrorisé les marins un bon bout de temps. Un iceberg fantôme… Il apparaissait brusquement en pleine tempête, au milieu des vagues, et il coulait les bateaux.

» Sur l'iceberg, il y avait un cadavre, le bras tendu, qui ordonnait aux navires de repartir dans le nord, et lorsqu'ils n'obéissaient pas il les faisait couler. Les Indiens Yaghan disaient que c'était le Grand Esprit de leur race repoussant les Blancs qui venaient chasser la loutre et le phoque dans leurs eaux. Mais un jour, l'iceberg s'est mis à fondre et on a enfin compris : un Indien Yaghan s'était égaré sur le glacier en suivant les traces d'une loutre. Il était mort de froid, les glaces l'avaient emprisonné et le bloc s'était détaché emportant au fil de l'eau son macabre passager... On est vraiment au bout du monde, conclut Escobedo. Quand on sera dans le canal Murray, vous verrez comme les courants changent ; là-bas, les phoques n'ont pas peur des hommes et on a l'impression qu'on pourrait attraper les étoiles avec la main.

Le *Baquedano* passa par Navarino, Yendegaia, Kanasaka, les îles Lennox, Picton et Nueva, où les rares habitants mènent une vie d'exilés.

Tout est dur dans ces régions : la mer, les montagnes gigantesques, le vent, la neige, la nature entière. Cette terre est vraiment le bout du monde.

La corvette remonta le Beagle et s'engagea dans le canal Murray où les courants sont dangereux et les phoques très nombreux.

Un matin, ordre fut donné de hisser toute la toile : la corvette se dirigeait vers le cap Horn et le commandant voulait que tout fût fait dans les règles, comme il convient à un grand marin et à un grand voilier.

Le navire fendit les premières énormes vagues et, tenant l'allure du largue, se lança à l'assaut des flots comme un grand poisson.

Peu avant le crépuscule apparut au loin un énorme rocher qui s'émiettait dans la mer.

– Voilà le fameux cap Horn, la rencontre du Pacifique et de l'Atlantique, dit un sergent.

– Aujourd'hui, on dirait un bol de lait ! fit un autre.

– Ne parle pas comme ça du Cap ! S'il t'entend, il peut devenir enragé.

La corvette décrivit un grand virage devant le rocher. C'était un lieu de désolation : pas un oiseau, pas un animal, seul ce sombre bloc sauvage et solitaire sur lequel se brisaient les grandes vagues des deux océans au bout du continent américain.

Le sergent Escobedo s'approcha d'Alejandro qui regardait hypnotisé le cap Horn et lui dit :

– C'est ici que se trouve la tombe du Diable. Le Démon est amarré et ancré au fond des eaux, couvert de trois tonnes de fers et de chaînes. Les nuits de tempête il traîne ses chaînes, et les rares marins qui l'ont entendu et qui vivent encore disent que c'est un bruit terrible qui reste pour toujours dans les oreilles. Plus horrible que le bruit de la tempête !

Le sergent Escobedo venait juste de terminer sa phrase quand d'énormes vagues bouchèrent l'horizon, le vent souffla en rafales, venant autant du Pacifique que de l'Atlantique, et la corvette prit rapidement le chemin du retour, comme si elle fuyait le froncement de sourcils que venait de lui adresser le cap Horn.

X

« Derrière les glaces »

– Demain, nous allons pénétrer dans une zone inexplorée que les Indiens Yaghan appellent « Derrière les glaces » ! expliqua le commandant aux officiers.

La corvette naviguait dans d'étranges canaux bordés de cordillères enneigées.

La mer était gelée par endroits et les mouettes et les ramiers du cap Horn, harcelés par la faim, car ils ne pouvaient plus pêcher, se posaient sur la glace en perdant l'équilibre.

On voyait parfois émerger les moustaches d'un grand phoque qui brisait une plaque de glace, comme un monstrueux jouet d'enfant fracassant une immense vitrine.

Le lendemain, l'officier de route prévint :

– Ce n'est pas prudent de continuer, le canal se rétrécit et il y a de plus en plus de sargasses. On risque de heurter des roches sous-marines.

La corvette chercha un mouillage protégé et on se mit sans attendre à préparer les chaloupes afin de poursuivre l'exploration des fjords et des canaux encore inconnus.

– Nous disposons de sept jours pour explorer ces parages et dresser des cartes de navigation. Demain à la première heure, deux missions hydrographiques partiront en reconnaissance, ordonna le commandant au second.

Un officier qui scrutait le paysage à la longue-vue s'exclama :

– Quelque chose bouge, là-bas, au fond du canal, on dirait des canoës.

Peu après, en effet, une flottille de cinq canoës s'approchait. Mais ces canoës semblaient mieux construits que ceux des Indiens Alakaluf, ils étaient plus fins et munis d'un mât.

– Ce sont des Yaghan, poursuivit l'officier. Quand les premiers navigateurs les ont découverts, ils étaient environ quinze mille. Aujourd'hui, il n'en reste que cinq cents. Il paraît qu'ils apprennent à lire en deux mois.

Les canoës se rangèrent le long du navire. Parmi la vingtaine d'Indiens à la peau brune et aux traits asiatiques se détachait le visage blanc d'un homme corpulent.

– Il y a un Blanc avec eux ! lança l'officier.

– Peut-être un évadé du bagne d'Ushuaia, ou un chercheur d'or qui vit chez les Indiens, commenta un autre officier.

Le canoë sur lequel se trouvait l'homme blanc vint au pied de l'échelle et l'étrange compagnon des Yaghan, vêtu d'habits en peau de loutre, grimpa à bord.

– Je voudrais parler au capitaine du bateau, dit-il à l'officier qui vint à sa rencontre.

– Si vous voulez des vivres, ce n'est pas la peine de déranger le commandant. On va vous en donner, lui répondit l'officier.

– On n'est pas comme les autres Indiens. On ne demande pas l'aumône. Nous, on achète. Nous avons des fourrures et de l'or, répliqua le visiteur.

– Mais vous n'êtes pas indien !

– Aucune importance, c'est comme si je l'étais.

L'officier ne voulut pas discuter davantage et conduisit l'homme auprès du commandant.

En franchissant la coupée il faillit bousculer le mousse de garde qui portait un fusil à l'épaule.

Leurs regards se croisèrent avec surprise et quelque chose d'étrange passa entre les yeux du mousse et ceux du visiteur, mais celui-ci, après une brève hésitation, suivit l'officier jusqu'à la cabine du commandant.

Un matelot s'approcha du mousse de garde et lui dit :

– Eh, Alejandro, ce type et toi vous vous ressemblez drôlement, on dirait deux frères.

En entendant le mot frère, Alejandro ouvrit la bouche, comme si une idée stupéfiante venait de lui traverser l'esprit, et parvint à prononcer :

– Et si c'était lui ?

– Qu'est-ce qui t'arrive ? fit l'autre, étonné.

– Je suis à la recherche de mon frère Manuel, il est parti dans le Sud il y a des années, quand j'étais gosse encore, dit le mousse en révélant le secret de son embarquement.

Devant l'intransigeance dont fit preuve le visiteur, le commandant ordonna qu'on lui échangeât, sous le contrôle de l'officier comptable, des vivres contre des fourrures, qui seraient revendues dans le Nord pour améliorer l'ordinaire de l'équipage. De même, si un matelot voulait vendre ses vêtements il devait le faire en présence de l'officier pour éviter tout abus.

Le mousse Alejandro Silva se présenta au garde-à-vous devant l'officier qui accompagnait le visiteur et lui dit :

– Je vous demande la permission de parler à cet homme, monsieur.

Un peu étonné, l'officier accepta d'un hochement de tête.

– Que me veux-tu ? lança sèchement l'homme.

– J'aimerais connaître votre nom, dit Alejandro.

– C'est sans importance dans ces terres, répliqua l'homme, mal à l'aise.

L'officier se rendit subitement compte de la ressemblance des deux hommes et attendit avec curiosité la fin du dialogue.

– C'est que… balbutia le mousse.

Mais l'étranger l'interrompit.

– Mon nom n'intéresse personne ici. Je ne suis pas un évadé d'Ushuaia, mais un ami pacifique de cette tribu de Yaghan qui vit librement de la chasse, termina l'homme avant de tourner les talons.

Alejandro resta sans voix, consterné. Il allait dire quelque chose, mais il avait la gorge nouée par l'émotion. Il se sentait au bord d'un immense bonheur qui allait lui échapper à cause de ce nœud d'angoisse qui lui serrait la gorge.

– Eh ! Attendez un peu, ordonna l'officier. Pourquoi ne dites-vous pas votre nom au mousse ? De toute façon vous allez devoir le dire : si vous ne signez pas les factures, on ne vous vendra rien.

– C'est bon, fit le chasseur. Je m'appelle Manuel Silva Cáceres !

– Mon frère ! s'écria Alejandro en se jetant dans ses bras.

La scène à laquelle assistaient quelques marins fut émouvante : deux frères dans les bras l'un de l'autre.

Et puis Manuel se recula et, bouleversé, contempla le visage de son jeune frère, dont les larmes coulaient sur les joues. Alors il lui dit :

– C'est pour ça que j'ai ressenti quelque chose d'étrange quand je suis passé devant toi : en te voyant, le visage de ma mère m'est revenu en mémoire. Mais jamais je n'aurais pensé que tu pouvais être le petit Alejandro que j'ai laissé un jour à Talcahuano.

XI

Le Paradis des Loutres

– Personne ne peut arriver jusqu'ici, dit Manuel à Alejandro en lui montrant un immense glacier qui fermait le canal. Si un être humain est un jour parvenu ici, tu peux être sûr qu'il n'est pas allé plus loin, parce qu'il a cru que le canal s'arrêtait au glacier. Mais tu vas découvrir le secret un peu plus loin.

– N'oublie pas que l'officier ne m'a donné que trois jours de permission, dit Alejandro installé à l'arrière du canoë avec son frère.

La flottille des cinq canoës yaghan arrivait devant une muraille de glace qui semblait fermer le tortueux canal.

Vu les circonstances, le commandant en second avait accordé trois jours de permission au mousse afin qu'il pût visiter le domaine de son étrange frère. La corvette devait rester à l'ancre une semaine pour effectuer des relevés topographiques.

Les deux frères au cœur aventureux s'étaient raconté leur vie. L'une simple et brève, l'autre mouvementée et plus longue.

– C'est très difficile d'écrire quand on se trouve ici. Parfois un cotre de chasseurs de phoques mouille dans les parages, une fois par an et encore, expliqua Manuel. Et puis, je ne voulais pas faire de peine à la pauvre femme en lui expliquant ma décision.

» Je suis arrivé ici en venant de Puerto Harberton. Là-bas, les Indiens étaient exploités sans vergogne par un ancien bagnard qui commandait une bande de chercheurs d'or, des types cruels, inhumains.

» J'ai eu une bagarre avec eux et j'ai été grièvement blessé. Une jeune Indienne m'a soigné. Tu vas faire sa connaissance, c'est ma femme et la mère de mes trois enfants.

» J'ai convaincu le chef de la tribu qu'il fallait s'installer sur ces terres encore inconnues. Je les ai guidés jusqu'ici et quand j'ai découvert le Paradis des Loutres – c'est comme ça que j'ai appelé la région qui se trouve derrière le glacier –, ils m'ont nommé deuxième chef. Puis le cacique est mort et ils m'ont désigné comme chef.

» Je leur ai appris à lire, à fabriquer des outils

et à être bons et droits comme dans la société la plus civilisée.

» Nous vivons heureux et je me suis tellement habitué à cette existence que je crois que je ne quitterai jamais le Paradis des Loutres, conclut Manuel. »

Il donna un ordre en yaghan et la flottille s'approcha au bord de la muraille de glace qui semblait collée à la montagne, mais ce n'était qu'une illusion, car à la file les canoës s'enfoncèrent dans un passage minuscule qui s'ouvrait entre roche et glace.

– Personne ne se risque jusqu'ici, dit Manuel.

Les canoës s'infiltrèrent lentement dans ce boyau et débouchèrent sur une mer intérieure d'une extraordinaire beauté. D'un côté le glacier remontait à l'intérieur des terres, de l'autre les flancs de la montagne étaient couverts de hêtraies.

– Cette zone est protégée des vents et le climat est plus doux. Il y a des loutres et une rivière où on trouve de l'or. On chasse quand on en a besoin et on cherche de l'or pour acheter des vivres tous les six mois à un colon de la péninsule Pasteur. Comme ça, personne ne soupçonne nos richesses et le Paradis des Loutres reste un secret. Et toi, tu dois garder le secret pour que notre tribu continue de vivre en paix.

– C'est juré, dit Alejandro.

Les canoës furent amarrés à une petite plage bordée de joncs, de mata negra et de calafate. Au-delà s'étendaient des bosquets de hêtres et de salsepareilles. Le Paradis des Loutres possédait la végétation la plus abondante de la région.

Les Yaghan, qui n'étaient guère plus d'une cinquantaine, vivaient le long de cette plage dans une quinzaine de tentes en peaux de phoque tendues sur une armature en bois.

Ils accueillirent avec curiosité l'étrange visiteur.

Manuel parla en langue yaghan et la curiosité se transforma en sympathie. Le frère du chef !

Une Indienne, belle et jeune encore, s'approcha sur un geste de Manuel, suivie de trois enfants, et fut présentée au mousse. Puis ce fut le tour du sorcier et d'autres personnalités du clan. Tous étaient vêtus de fourrures.

Une grande tente en peaux de phoque, tannée et jaunie par les années à l'air libre, se détachait au centre du campement.

– C'est le *youghouse*[1], dit Manuel. Demain tu assisteras à une cérémonie qui se déroule à l'inté-

1. Mot anglo-yaghan qui désigne la tente où les Yaghan accomplissent leurs rites *(NdA)*.

rieur. Quand les garçons atteignent l'âge de douze ans, la tribu se réunit et leur transmet les droits et les traditions des adultes. Mais cette nuit on va aller chasser le canard de mer, le pingouin et d'autres oiseaux. Pour l'instant, ne t'approche pas du youghouse ; les enfants sont à l'intérieur, ils jeûnent et il est interdit de les regarder.

L'agitation qui régnait dans le campement témoignait de l'approche de la cérémonie.

À la nuit tombée, des hommes, des femmes et des enfants montèrent dans une quinzaine de canoës.

Le mousse remarqua de longues rames à l'extrémité desquelles était attachée une énorme boule de joncs et d'herbes sèches trempée dans une substance huileuse. Chaque canoë en portait trois.

La flottille prit la mer, s'engagea dans le canal très étroit et déboucha sur une grande baie.

Manuel et Alejandro allaient dans le canoë de tête.

Soudain, à un signal de Manuel, les équipages des canoës se courbèrent et les hommes continuèrent à ramer dans la plus grande discrétion.

– Baisse-toi et ne fais pas de bruit, dit-il au mousse.

Silencieusement les quinze canoës – *anans*, disent les Yaghan – longèrent une sombre falaise. On aurait dit des esquifs fantômes glissant dans les ténèbres, sans rames et sans rameurs.

La distance entre chaque embarcation se réduisit peu à peu et bientôt proues et poupes se rejoignirent, formant une longue file.

Un léger battement d'ailes troubla le grand silence de la nuit, des croassements et des piaillements se firent entendre alentour.

– On arrive à la volière, murmura Manuel à l'oreille d'Alejandro.

Le mousse leva les yeux et vit que la falaise était constellée de poitrails blancs de pingouins, de mouettes, de canards vapeur et d'une foule d'oiseaux de mer.

À mesure que la flottille avançait, la falaise apparaissait grouillante d'oiseaux nichés dans les anfractuosités des rochers. À la vue des canoës, des pingouins levèrent la tête avec leur air stupide, regardèrent de côté et continuèrent à se dandiner. Ils étaient si nombreux qu'il aurait suffi de tendre la main pour en attraper un par le cou et l'emporter dans le canoë, mais la flottille cherchait des oiseaux plus appétissants.

Soudain, le chef tendit le bras hors du canoë et fit un signe. Les rames furent rangées et les embarcations se collèrent contre la roche.

Des oiseaux se jetèrent à l'eau. Au même instant, Manuel lança un cri : aussitôt quarante grandes torches jaillirent dans la nuit, illuminant la paroi de la falaise pullulant d'oiseaux, et une immense clameur s'éleva de ce lieu paisible.

Saisi par le spectacle grandiose, Alejandro regardait brûler les torches enduites de graisse de phoque et les oiseaux aveuglés qui tombaient comme des pierres dans la mer et dans les canoës. Armés de petits bâtons les hommes assenaient un coup précis sur la tête des canards et des mouettes, dont les cadavres s'entassaient au fond des anans. Et Alejandro s'empara lui aussi d'un bâton pour aider ses compagnons de chasse.

Les oiseaux qui nichaient plus haut s'envolaient effrayés ou tombaient dans l'eau ; la clameur était assourdissante, et la ceinture de feu des quarante torches brûlant au pied de la paroi déchirait les ombres de cette nuit fantastique emplie de battements d'ailes, de criaillements et de cris animaux et humains.

Le vacarme grossit puis diminua et bientôt s'éteignit en même temps que les flammes qui avaient brisé la paix de la nuit. Une dernière torche fut allumée pour recueillir les oiseaux morts qui flottaient sur l'eau.

Les canoës, chargés à ras bord, prirent le chemin du retour. Les Indiens heureux commentaient la chasse.

– C'est une des plus riches volières du Paradis des Loutres, dit Manuel à son frère, alors qu'on entendait encore dans les ténèbres les battements d'ailes de milliers d'oiseaux affolés. Des échines brillantes ondulaient sur les rochers de la falaise ; c'étaient des loutres dérangées dans leur sommeil.

Le lendemain, le campement était en fête. Dans le youghouse devaient être célébrés au cours de la nuit les rites qui transformeraient les enfants yaghan en adultes.

– Les Yaghan ont de très belles traditions, expliqua Manuel à son frère, alors qu'ils étaient assis devant la tente, après le repas. Ils ont leur déluge universel et leur arche de Noé, comme les chrétiens. Une de leurs traditions dit que dans ces régions il a plu pendant des lunes et des lunes et que tous les Yaghan sont morts, sauf trois familles. Quand les eaux se sont retirées, ces trois familles flottaient dans leurs trois anans sur la lagune d'Agamaca, qui se trouve à l'intérieur de Lapataia, de l'autre côté du canal. Dans cette lagune magnifique, bordée de grandes jonchaies, était restée une énorme baleine qui ne pouvait pas nager et dont le dos sortait de l'eau. Les Yaghan rescapés du déluge ont criblé la baleine de flèches et, après l'avoir tuée, ils se sont nourris de sa chair. D'après la tradition, les flèches se sont reproduites et ont formé la jonchaie qui borde aujourd'hui la lagune d'Agamaca, et les trois familles se sont multipliées pour engendrer la grande race des Yaghan qui furent aussi nombreux que les joncs. Cette histoire se transmet de génération en génération, conclut Manuel.

XII

L'autruche de mer

Les hommes et les femmes pénétrèrent en deux files dans la grande tente du youghouse. Le foyer qui brûlait au centre illuminait sinistrement la sombre enceinte. Éloignés du feu, des enfants d'une douzaine d'années, accroupis en cercle et mains croisées, regardaient entrer leurs aînés.

Les femmes prirent place d'un côté du foyer, les hommes de l'autre. Puis le sorcier de la tribu fit son entrée, accompagné du chef, et s'assit entre les deux groupes pour présider la cérémonie.

Après un bref conciliabule, ils décidèrent qu'Alejandro, bien qu'il fût profane, pourrait assister à la cérémonie dans un coin du youghouse.

Le mousse contemplait la scène, fasciné comme s'il était en train de vivre un roman d'aventures.

Le sorcier monta sur une estrade tendue de peaux de phoque, courba la tête et, les mains posées devant lui, entama une mélopée lente et plaintive. L'assistance, tête basse, gardait le silence.

La prière se fit plus forte à mesure que l'homme relevait les bras. Enfin, il se mit à crier, à lancer des hurlements de douleur, tandis que la sueur diluait les traits rouges peints sur son visage.

Bientôt, les cris se muèrent en glapissements aigus et l'homme, comme fou, au comble d'une incompréhensible désespérance, s'abattit inerte sur l'estrade.

Les enfants regardaient la scène, effrayés.

Alors, une rumeur s'éleva parmi les hommes et les femmes. Le chef se redressa, esquissa des pas de danse à droite et à gauche du foyer et fut aussitôt imité par les autres.

La rumeur se transforma en vociférations, et les pas en sauts. Hommes et femmes se mirent à danser les bras ouverts et à se croiser autour du foyer. Et les enfants furent obligés d'entrer dans la danse. C'était la danse de l'Autruche de Mer et elle consistait à imiter le grand volatile de Patagonie.

Les danseurs gesticulèrent pendant des heures jusqu'à l'épuisement. Ainsi se termina la cérémonie.

Le lendemain, alors que les festivités se poursuivaient, Manuel dit à son frère :

– Le nom de cette danse est un mystère. On l'appelle autruche de mer, mais on ne trouve aucune trace de sa présence en Terre de Feu ni de ce côté du canal Beagle, alors qu'en Patagonie les autruches sont très nombreuses.

L'époque des nuits claires s'achevait et une grande chute de neige mit fin à la fête des Yaghan. Le mousse devait regagner son bateau.

Les deux frères sentaient qu'ils avaient encore quelque chose à se dire et ils allèrent s'asseoir sur un rocher au bord de la mer.

– Tu porteras à notre mère les deux bourses d'or que j'ai dans la tente, dit Manuel. Elles sont en peau de phoque tannée et contiennent plus de huit cents grammes d'or. En plus, tu prendras quarante peaux de loutre et dix de phoque. Ne lui raconte pas ce que tu as vu, dis-lui simplement que je travaille dans des gisements d'or, sur une île où les bateaux ne passent pas et que je reviendrai quand j'aurai gagné un peu plus d'argent. Et maintenant, monte dans mon canoë, mes hommes te conduiront au bateau.

Les deux frères, debout, se regardèrent avec émotion. Ils savaient que c'était la dernière fois qu'ils se voyaient.

– Je pleure pour ma mère qui ne te reverra jamais, dit Alejandro.

Un bruit sourd se fit entendre près de la côte : un bloc de glace venait de se retourner dans l'eau.

Les deux frères se regardèrent de nouveau.

– Nous sommes comme les glaces, dit Manuel à voix basse. La vie nous fait parfois chavirer et nous change de forme.

Alejandro était déjà dans le canoë lorsque son frère, qui le voyait s'éloigner, parvint encore à lui dire :

– Ne raconte rien à notre pauvre vieille et garde le secret du Paradis des Loutres.

XIII

Le retour

– … et nous avons fait escale à Castro, à Quemchi, Ancud et Puerto Montt. Et de là, le train jusqu'à Osorno. J'ai vu beaucoup de ports et de villes. On défilait partout et les gens nous applaudissaient.

La conversation avait lieu dans la lingerie de doña María, à Talcahuano.

Son fils lui avait raconté les aventures de son voyage.

– Si tu savais comme je suis heureux ! continua Alejandro. À bord je me suis intéressé à la radio. Le sous-officier radiotélégraphiste m'a appris tout ce qu'il savait. Et maintenant, on va m'envoyer à l'École des transmissions de la Marine de Valparaíso, à Las Salinas. J'ai un petit solde, tu sais, et dans un an j'embarquerai sur les navires de l'Escadre comme radio-opérateur.

Doña María, très émue, interrompit son fils qui revenait d'un si long voyage.

– Mais tu ne m'as encore rien dit au sujet de ton frère.

– Ah ! Mère ! Je gardais la grande nouvelle pour la fin.

Il alla chercher son grand sac de marin d'où il sortit un paquet de peaux de loutre et de phoque, et deux bourses de cuir.

– Voilà ce que t'envoie Manuel, de belles fourrures et deux bourses qui contiennent plus de vingt mille pesos en pépites d'or. Il est sain et sauf et cherche de l'or sur une île solitaire où les bateaux ne passent pas. Il a dit qu'il reviendrait dès qu'il aurait un peu plus d'argent.

Il raconta ses retrouvailles avec Manuel dans les régions glacées du cap Horn, en dissimulant pieusement, ainsi qu'il l'avait promis à son frère, une partie de la vérité.

Soudain, lui revinrent en mémoire les dernières paroles de son frère.

– Quand nous nous sommes séparés au bord de la plage, il m'a dit : « Nous sommes comme la glace, la vie nous fait parfois chavirer et nous changeons de forme. »

Et il se jeta dans les bras de sa mère, comme quand il était enfant.

Doña María étreignit son fils et puis elle se mit à pleurer car elle comprenait confusément le sens de ces étranges paroles.

XIV

La folie du sergent Escobedo

Quinze jours plus tard, à Valparaíso, deux mousses se rencontraient dans le funiculaire de la colline Artilleria.

– Eh ! Silva ! Comment ça va ? Figure-toi que je viens de rendre visite à Escobedo, tu sais, le sergent charpentier.

– Qu'est-ce qui lui arrive ? demanda Alejandro.

– Il est à l'hôpital naval de Playa Ancha. On dirait qu'il a perdu la boule. Il raconte des histoires d'apparitions et de bateaux fantômes dans les mers du Sud. Il dit qu'il y a un fantôme à bord du *Baquedano* et qu'il est le seul à pouvoir le déloger, comme il l'a fait sur la *Leonora*. La vérité c'est que le pauvre diable n'a pas supporté d'abandonner le *Baquedano*, qui a été désarmé, comme tu le sais. Alors il voudrait retourner à bord. On le comprend, il y a passé toute sa vie !

– Je vais le voir tout de suite, dit Alejandro en prenant congé de son camarade.

Quelques minutes plus tard, le mousse pénétrait dans une salle blanche de l'hôpital naval.

– Ah !... Vive le dernier mousse du *Baquedano* ! s'exclama un homme au visage émacié en voyant entrer Alejandro. Alors, tu es au courant ? Notre vieille carcasse est hantée. Il y a un fantôme à bord ! Ce n'est plus qu'un pauvre ponton maintenant ! Ils ne laissent entrer personne, mais moi je vais aller le délivrer de son mauvais esprit, comme je l'ai fait à Punta Arenas pour la *Leonora* ! Il était temps que tu arrives, mon garçon ! Tu es le seul qui puisse m'accompagner ! Pas vrai ?

– Oui, sergent, on va y aller ensemble, répondit Alejandro, bouleversé.

– Bravo ! Je n'en attendais pas moins de toi ! lança le vieux sergent Escobedo. Et, portant sa main à une imaginaire casquette, comme quand il se mettait au garde-à-vous devant ses supérieurs, il s'écria : « Je suis le premier sergent et toi le dernier mousse du *Baquedano* ! »

– Oui, sergent, dit Alejandro en serrant la main que lui tendait le vieil Escobedo et en baissant la tête pour dissimuler son émotion.

Par cette fraternelle poignée de main, deux générations se séparaient sur le souvenir de la vieille et glorieuse corvette qui désormais gisait à l'ancre, « hors service », comme le vieux marin.

Table

DU MÊME AUTEUR

Tierra del Fuego
nouvelles
Phébus, 1994
et « Points », n° P 148

Cap Horn
nouvelles
Phébus, 1994
et « Points », n° P 253

El Guanaco
roman
Phébus, 1995
et « Points », n° P 426

Le Golfe des peines
nouvelles
Phébus, 1997
et « Points », n° P 610

Le Sillage de la baleine
roman
Phébus, 1998
et « Points », n° P 739

Antartida
roman
Phébus, 1999

RÉALISATION : ATELIER PAO ÉDITIONS DU SEUIL

Imprimé en France sur Presse Offset par

BRODARD & TAUPIN

GROUPE CPI

LA FLÈCHE (10-2000)
DÉPÔT LÉGAL : MARS 1998. N° 33290-5 (4709)

Collection Points

DERNIERS TITRES PARUS

P655. Naissance à l'aube, *par Driss Chraïbi*
P656. Une enquête au pays, *par Driss Chraïbi*
P657. L'Île enchantée, *par Eduardo Mendoza*
P658. Une comédie légère, *par Eduardo Mendoza*
P659. Le Jardin de ciment, *par Ian McEwan*
P660. Nu couché, *par Dan Franck*
P661. Premier Regard, *par Oliver Sacks*
P662. Une autre histoire de la littérature française, tome 1, *par Jean d'Ormesson*
P663. Une autre histoire de la littérature française, tome 2, *par Jean d'Ormesson*
P664. Les Deux Léopards, *par Jacques-Pierre Amette*
P665. Evaristo Carriego, *par Jorge Luis Borges*
P666. Les Jungles pensives, *par Michel Rio*
P667. Pleine Lune, *par Antonio Muñoz Molina*
P668. La Tyrannie du plaisir, *par Jean-Claude Guillebaud*
P669. Le Concierge, *par Herbert Lieberman*
P670. Bogart et Moi, *par Jean-Paul Nozière*
P671. Une affaire pas très catholique, *par Roger Martin*
P672. Elle et Lui, *par George Sand*
P673. Histoires d'une femme sans histoire *par Michèle Gazier*
P674. Le Cimetière des fous, *par Dan Franck*
P675. Les Calendes grecques, *par Dan Franck*
P676. Mon idée du plaisir, *par Will Self*
P677. Mémorial de Sainte-Hélène, tome 1 *par Emmanuel de Las Cases*
P678. Mémorial de Sainte-Hélène, tome 2 *par Emmanuel de Las Cases*
P679. La Seiche, *par Maryline Desbiolles*
P680. Le Voyage de Théo, *par Catherine Clément*
P681. Sans moi, *par Marie Desplechin*
P682. En cherchant Sam, *par Patrick Raynal*
P683. Balkans-Transit, *par François Maspero*
P684. La Plus Belle Histoire de Dieu *par Jean Bottéro, Marc-Alain Ouaknin et Joseph Moingt*
P685. Le Gardien du verger, *par Cormac McCarthy*

P686. Le Prix de la chair, *par Donna Leon*
P687. Tir au but, *par Jean-Noël Blanc*
P688. Demander la lune, *par Dominique Muller*
P689. L'Heure des adieux, *par Jean-Noël Pancrazi*
P690. Soyez heureux, *par Jean-Marie Lustiger*
P691. L'Ordre naturel des choses
par António Lobo Antunes
P692. Le Roman du conquérant, *par Nedim Gürsel*
P693. Black Betty, *par Walter Mosley*
P694. La Solitude du coureur de fond, *par Allan Sillitoe*
P695. Cités à la dérive, *par Stratis Tsirkas*
P696. Méroé, *par Olivier Rolin*
P697. Bar des flots noirs, *par Olivier Rolin*
P698. Hôtel Atmosphère, *par Bertrand Visage*
P699. Angelica, *par Bertrand Visage*
P700. La petite fille qui aimait trop les allumettes
par Gaétan Soucy
P701. Je suis le gardien du phare, *par Eric Faye*
P702. La Fin de l'exil, *par Henry Roth*
P703. Small World, *par Martin Suter*
P704. Cinq photos de ma femme, *par Agnès Desarthe*
P705. L'Année du tigre, *par Philippe Sollers*
P706. Les Allumettes de la Sacristie, *par Willy Deweert*
P707. Ô mort, vieux capitaine…, *par Joseph Bialot*
P708. Images de chair, *par Noël Simsolo*
P709. L'Œuvre de Dieu, la Part du Diable
scénario par John Irving
P710. La Ratte, *par Günter Grass*
P711. Une rencontre en Westphalie, *par Günter Grass*
P712. Le Roi, le Sage et le Bouffon
par Shafique Keshavjee
P713. Esther et le Diplomate, *par Frédéric Vitoux*
P714. Une sale rumeur, *par Anne Fine*
P715. Souffrance en France, *par Christophe Dejours*
P716. Jeunesse dans une ville normande
par Jacques-Pierre Amette
P717. Un chien de sa chienne, *par Roger Martin*
P718. L'Ombre de la louve, *par Pierre Pelot*
P719. Michael K, sa vie, son temps, *par J.M.Coetzee*
P720. En attendant les barbares, *par J.M.Coetzee*
P721. Voir les jardins de Babylone, *par Geneviève Brisac*
P722. L'Aveuglement, *par José Saramago*
P723. L'Évangile selon Jésus-Christ, *par José Saramago*

P724. Si ce livre pouvait me rapprocher de toi
par Jean-Paul Dubois
P725. Le Capitaine Alatriste, *par Arturo Pérez Reverte*
P726. La Conférence de Cintegabelle
par Lydie Salvayre
P727. La Morsure des ténèbres, *par Brigitte Aubert*
P728. La Splendeur du Portugal
par António Lobo Antunes
P729. Tlacuilo, *par Michel Rio*
P730. Poisson d'amour, *par Didier van Cauwelaert*
P731. La Forêt muette, *par Pierre Pelot*
P732. Départements et Territoires d'outre-mort
par Henri Gougaud
P733. Le Couturier de la Mort, *par Brigitte Aubert*
P734. Entre deux eaux, *par Donna Leon*
P735. Sheol, *par Marcello Fois*
P736. L'Abeille d'Ouessant, *par Hervé Hamon*
P737. Besoin de mirages, *par Gilles Lapouge*
P738. La Porte d'or, *par Michel Le Bris*
P739. Le Sillage de la baleine, *par Francisco Coloane*
P740. Les Bûchers de Bocanegra
par Arturo Pérez-Reverte
P741. La Femme aux melons, *par Peter Mayle*
P742. La Mort pour la mort, *par Alexandra Marinina*
P743. La Spéculation immobilière, *par Italo Calvino*
P744. Mitterrand, une histoire de français.
1. Les Risques de l'escalade, *par Jean Lacouture*
P745. Mitterrand, une histoire de français.
2. Les Vertiges du sommet, *par Jean Lacouture*
P746. L'Auberge des pauvres, *par Tahar Ben Jelloun*
P747. Coup de lame, *par Marc Trillard*
P748. La Servante du seigneur, *par Denis Bretin*
et Laurent Bonzon
P749. La Mort, *par Michel Rio*
P750. La Statue de la liberté, *par Michel Rio*
P751. Le Grand Passage, *par Cormac McCarthy*
P752. Glamour Attitude, *par Jay McInerney*
P753. Le Soleil de Breda, *par Arturo Pérez-Reverte*
P754. Le Prix, *par Manuel Vázquez Montalbán*
P755. La Sourde, *par Jonathan Kellerman*
P756. Le Sténopé, *par Joseph Bialot*
P757. Carnivore Express, *par Stéphanie Benson*
P758. Monsieur Pinocchio, *par Jean-Marc Roberts*